환생왕

ORIENTAL FANTASY STORY & ADVENTURE

요도 김남재 판타지 장편소설

dream
books
드림북스

환생왕 2

초판 1쇄 인쇄 2019년 10월 24일
초판 1쇄 발행 2019년 11월 8일

지은이 요도 김남재
발행인 오영배
편집 편집부
일러스트 나래
표지 · 본문 디자인 오정인
제작 조하늬

펴낸곳 (주)삼양출판사 · 드림북스
주소 서울시 강북구 도봉로 173
대표 전화 02-980-2112 **팩스** 02-983-0660
편집부 전화 02-987-9393 **팩스** 02-980-2115
블로그 blog.naver.com/dreambookss
출판등록 1999년 3월 11일 제9-00046호

ⓒ 사도연, 2019

ISBN 979-11-283-9755-4 (04810) / 979-11-283-9753-0 (세트)

드림북스는 (주)삼양출판사의 판타지 · 무협 문학 브랜드입니다.

환생왕

2

ORIGINAL FANTASY STORY & ADVENTURE

요도 김남재 신무협 장편소설

dream
books
드림북스

목차

1장. 당자윤 —
그만하게

　천룡성의 성도 비밀 거점은 오랜 시간 아무도 찾지 않았음에도 불구하고, 생활에 필요한 최소한의 것들이 잘 갖춰져 있었다.

　침상 및 간단한 수납장들.

　그리고 탁자나 의자 정도는 이미 준비되어 있었다. 물론 긴 시간 사람들이 찾지 않은 탓에 그 외의 생필품들은 많이 부족했지만 그건 차차 채워 나가면 될 노릇.

　여러 가지 이유로 일행들은 이 거점을 마음에 들어 했다.

　우선 개인적인 공간들이 많았다.

　연무장을 비롯하여 적화신루를 통해 들어오는 정보들을

구분해 놓을 수 있는 큰 집무실까지.

거기다 객잔처럼 다른 이들이 오고 가는 공간이 아니다 보니 비밀리에 뭔가를 하기에도 훨씬 수월했다.

말이 새어 나갈 확률도 낮았고, 또 누군가의 시선을 피하기 위해 은밀히 움직여야 하는 상황도 줄 수밖에 없었다.

덕분에 혹여 무림맹의 총군사인 위지겸을 만나는 것 같은 비밀리에 해야 할 일들도 보다 수월하게 가능해진 상황이다.

아무래도 커다란 장원이고 일손이 많이 필요한 상황이었지만 천무진은 딱히 사람을 부르지 않았다.

다른 이들의 눈에는 그리 특별할 것이 없어 보이긴 하겠지만 그래도 천룡성의 비밀 거점 중 하나.

그랬기에 외부에서 사람을 구하지 않고 따로 이곳에서 잡무를 봐줄 이를 호출한 상황이다.

얼추 거점의 정리를 끝내고, 이제 남은 것은 무림맹에서의 일뿐이었다.

무림맹에 들어온 지 얼마 되지는 않았다지만 그 어떠한 단서도 찾지 못한 채 며칠의 시간이 지났다. 천무진으로서는 답답할 수밖에 없었다.

하염없이 홍천관의 관주를 기다린 지 삼 일째.

아직 관주에게 신고를 하기 전인지라 무림맹 내부를 혼

자서 돌아다니기 힘든 지금 천무진이 할 수 있는 건 홍천관 내부의 상황을 캐는 것뿐이었다.

그리고 그 조력자는 방건이었다.

처음 들어올 때 시비를 걸었던 그와 이틀의 시간 동안 함께 시간을 보내며 어느 정도 친밀한 관계를 만들어 둔 상태다.

워낙 말수가 많은 방건은 천무진이 슬쩍 떠보기만 해도 이런저런 것들을 서슴없이 이야기하곤 했다.

그와의 대화를 통해 천무진은 홍천관에 대해서는 많은 정보를 얻어 냈다.

물론 백아린을 통해서 얻어 낼 수도 있는 일이었지만, 외부에서 얻을 수 있는 정보와 직접 그곳에 몸담고 있는 일원을 통해 전해 듣는 건 또 다를 수밖에 없다.

홍천관은 대략 백여 명 정도로 구성된 단체였다.

무림맹 내부로 들어오는 물품들을 관리하며, 그것을 지키는 것이 주 업무다.

외부로 나가는 물건들을 표사처럼 호위하기도 하지만 대부분 많은 시간을 맹 내부에서 보낸다.

무인들의 나이는 이십 대부터 오십 대까지 다양하지만, 대부분이 젊은 층의 인원들로 구성되어 있다.

거기에 임무 자체가 물품을 지키는 하찮은 것이다 보니 상대적으로 이름값이 없는 이들로 구성될 수밖에 없었다.

한마디로 홍천관은 무림맹 내에서도 말단의 무인들이 모여 있는 곳이라 봐야 옳았다.

거기다 일도 제법 힘들고, 주변의 우습게 보는 시선까지 있어 그만두는 이들이 꽤나 많다고 들었다.

직책은 관주와 부관주가 있고, 그 아래로 십여 명에 달하는 홍천관 내의 고수들이 있다. 그리고 나머지 구십여 명 정도는 세 개 조로 나뉘어 운영되고 있다고 한다.

홍천관 소속 고수들의 이야기부터 해서, 과거 있었던 내부 인원들 간의 다툼까지.

천무진과 마주 앉은 방건의 입은 불이 붙은 듯 쉬지 않고 움직여 대고 있었다.

그리고 그런 그에게 천무진은 적당한 호응으로 계속해서 이야기를 이끌어 냈다.

사실 그가 쏟아 내고 있는 이야기 대부분이 쓸모없고, 유치한 것들이었지만 혹시 모를 단서가 있지 않을까 하는 생각에서였다.

게다가 방건은 홍천관의 고수 열 명이 엄청나게 대단하다는 듯 떠들어 댔지만, 이야기를 들을수록 이곳 소속 무인들의 실력이 얼마나 맹 내에서 낮은 수준인지를 느낄 뿐이었다.

이야기를 듣고만 있던 천무진이 슬쩍 궁금했던 것 중 하나를 던졌다.

"그런데 관주님은 어떤 분이십니까?"

"크으, 대단하신 분이지. 무림맹 내에서 모르는 이가 없을 정도의 고수시고, 성품은 또 얼마나 올곧으신지 말도 못할 정도로 훌륭하시다니까."

홍천관의 다른 고수들을 설명할 때보다 한층 더 흥분한 목소리로 방건이 대답했다.

그는 자신의 상관이 대단하다는 듯 말하고 있지만 천무진은 이미 이곳 홍천관의 관주에 대해 어느 정도 알고 있는 상황이었다.

추성검(追星劍) 금호(錦湖).

무림에 크게 알려지지 않은 인물로, 무림맹 내에서도 사실 그리 큰 비중을 지닌 자는 아니다.

무림맹 소속의 관 하나를 맡고 있다는 것만으로도 일정 수준 이상의 무인이라고는 볼 수 있었지만, 지금 방건이 대단하다고 설레발을 쳐 댈 정도로 엄청난 위명을 지닌 자는 아니다.

이미 그의 실력에 대해서는 알고 있었던 터.

천무진이 궁금한 건 내부인이 보는 관주 금호에 대한 생각이었다.

그리고 이어지는 방건의 긴 칭찬.

여태 금호가 해 왔던 수많은 선행들을 이야기하는 그의 목소리에는 존경심이 잔뜩 묻어 나왔다.

'……소문대로군.'

꽤나 좋은 사람이라 알려진 금호, 그리고 그 평가는 홍천관 내부에서도 마찬가지였던 모양이다.

금호에 대한 칭찬을 길게 늘어트리던 방건은 이야기를 끝내고는 물었다.

"그런데 관주님은 왜?"

"아무래도 상관이 되실 분이다 보니 궁금하기도 하고…… 기다리시는데 워낙 안 오시니 무슨 일인가 해서 물었습니다."

"인마, 관주님이 너처럼 한가하신 분인 줄 아냐. 얼마나 바쁘신 분인데. 지금처럼 맹을 비우시는 일도 꽤 잦으셔."

"이렇게 자리를 비우는 일이 많으시다고요?"

"당연하지. 여기저기서 하시는 일이 상당히 많으시거든."

많은 것을 아는 것처럼 말하고 있었지만 천무진은 그런 방건의 말을 흘려들었다.

이틀 동안 보아 온 결과, 그는 방건이 홍천관 내에서 그리 비중이 있지 않다는 사실을 확인했다.

꽤나 오래 홍천관에 몸담고 있긴 했지만 가진 능력이나 배경이 뛰어나지 못한 탓인지 극소수의 인원과만 친하게 지낼 뿐, 나머지와는 거의 모르는 사람처럼 지내는 관계였다.

저 멀리 산동에 있는 옥수문(玉手門)이라는 문파 문주의 외동아들이라고 들었는데 사실 천무진은 그 이름조차 생소했다.

무림맹의 축을 이루는 것이야 당연히 구파일방과 오대세가, 그리고 그 외의 이름 있는 수십 여 개의 가문이었지만 무림맹은 정파를 대표한다는 명분을 가진 단체다.

그 말은 곧 큰 문파들로만 맹을 구성할 수는 없다는 소리다.

알려지지 않은 지방의 자그마한 곳에 있는 이들 또한 어떻게든 무림맹의 구성원이라는 소속감을 가지게 해야만 한다.

그래야 결속력이 단단해질 테니까.

그러기 위해 무림맹은 곳곳의 자그마한 문파에서도 최소한의 인원들을 뽑아 맹에 입단시켰는데, 눈앞에 있는 방건이 그 적당한 예라고 봐야 옳았다.

자그마한 문파의 핏줄.

그가 입단한 것으로 인해 옥수문은 무림맹과의 유대감을 지닐 테고, 그만큼 무림맹은 정파를 대표하는 단체로 거듭날 수 있는 것이다.

그리고 홍천관의 절반가량이 그런 이유로 여기저기서 긁

어모은 이들로 채워져 있었다.

긴 대화에 목이 메었는지 방건은 남아 있던 찻물을 삼키고는 마주 앉아 있던 천무진을 툭툭 쳤다.

"슬슬 가자고."

말을 마친 방건이 자리에서 일어났고, 천무진 또한 몸을 일으켜 세웠다.

식사를 하고 잠시 차를 마시기 위해 무림맹 내부에 있는 다관에 들렀던 둘은 곧장 홍천관으로 돌아가기 위해 입구로 향했다.

방건은 천무진과 나란히 선 채로 다관을 나가기 위해 걸음을 옮겼다.

짧은 거리를 걷는 것뿐이거늘, 주변에서 자신들을 힐끔거리는 시선이 느껴졌다.

그 시선을 즐기던 방건은 슬쩍 천무진을 바라봤다.

자신보다 훨씬 큰 키에 사내다운 느낌과 함께 조각상 같은 얼굴을 가진 사내.

'자식, 진짜 잘생겼네.'

방건은 부럽다는 듯 입맛을 다셨다.

항상 주목받지 못하는 삶을 살아왔던 그로서는 이런 시선을 받는다는 게 무척이나 기분 좋은 일이었다.

그가 일부러 친하다는 듯 몸을 반쯤 천무진을 향해 돌린 채로 수다를 이어 나가며 걸음을 옮기던 중이었다.

한껏 기분이 좋아진 채로 다관의 입구에 도착한 그가 아무렇지 않게 입구의 문을 벌컥 열어젖혔다.

그때였다.

히이이잉!

거의 코앞이라고 봐도 될 정도로 지척에서 말의 울음소리가 들려오는 것과 동시에 커다란 움직임이 느껴졌다.

순간적으로 방건의 머리 위로 큰 그림자가 생겼다.

다름 아닌 길가를 달리던 말이 갑작스럽게 열리는 문으로 인해 급히 멈춰 선 탓이다.

놀란 듯 방건이 눈을 치켜뜬 채로 그쪽을 바라보고 있을 때였다.

가만히 있을 수도 있었지만 그대로 말굽에 치이게 두기는 뭐 했는지 뒤편에 있던 천무진이 슬쩍 그의 옷깃을 잡아당겼다.

조금의 힘을 주었을 뿐이기에 방건의 몸이 자연스레 뒤로 주저앉듯 넘겨졌고, 하늘로 치솟았던 말굽이 그런 방건을 아슬아슬하게 스쳐 지나갔다.

쾅.

말굽이 땅에 닿으며 커다란 소리와 함께 먼지가 피어올랐다.

천무진이 빠르게 옷깃을 당겨 주지 않았더라면 꽤나 큰 부상을 입었을 상황이었다.

얼결에 말에 차일 뻔했던 방건은 주저앉은 채로, 새하얗게 질려 있었다.

허나 그는 계속해서 놀라 있을 여유가 없었다.

말의 주인 때문이었다.

간신히 고삐를 잡아챘던 사내가 말을 탄 상태로 입을 열었다.

"그쪽 어디 소속이야?"

멍하니 있던 방건은 자신을 향한 그 목소리에 퍼뜩 정신을 차렸다.

이 좁은 길에서 이토록 빠르게 말을 달린 사실에 화가 나, 순간적으로 자리를 박차고 일어나려던 방건이었다.

하지만 상대를 보는 순간 그는 얼굴이 놀랄 정도로 빠르게 굳은 채 아무 말도 하지 못했다.

방건과는 그리 나이 차가 나 보이지 않는 상대였다.

이십 대의 젊은 사내, 그렇지만 한눈에 봐도 방건과는 무척이나 다른 분위기를 풍겼다.

얼굴에는 자신감이 넘쳤고, 옷차림만 봐도 좋은 가문의 무인으로 보였다. 준수한 외모에 날카로운 눈매, 긴 머리카락은 뒤로 넘긴 그의 눈동자에는 짜증이 가득했다.

그는 바로 오대세가의 하나인 사천당문(四川唐門) 소속 무인, 당자윤(唐滋玧)이었다.

그가 미간을 찌푸린 채로 말을 이었다.

"다시 물어야 돼? 어디 소속이냐고."

"호, 홍천관입니다."

"하아."

대답을 듣는 순간 당자윤은 손으로 얼굴을 감싸 안았다.

사실 처음 보았을 때부터 별 볼 일 없는 자라는 건 눈치챘다.

행색이나 분위기만으로 그 정도 가늠하는 건 그리 어렵지 않았다.

거기다가 말이 달려들었다는 사실만으로 놀라 굳어 있던 모습까지. 일정 수준 이상의 무인이었다면 그 상태에서 피해 내는 건 그리 어렵지 않았을 게다.

상대의 신분이 그리 높지 않다는 걸 확인한 당자윤이 아까보다 더욱 강압적인 어조로 말했다.

"문을 그렇게 벌컥벌컥 열다니 제정신이야?"

"아니 그게……"

방건은 말을 잇지 못하고 주춤거렸다.

이렇게 좁은 길에서 그리 빨리 말을 몰고 달리는 것이야말로 잘못 아니냐는 말이 목구멍까지 치솟았지만 그뿐이다.

상대는 무림맹의 주춧돌인 오대세가의 일원이자, 정파가 자랑하는 후기지수 중 하나였다.

그런 그에게 뭔가를 말할 정도로 방건은 힘이 있지도, 배포가 있는 사내도 아니었다.

어물거리는 방건의 모습에 더욱 화가 났는지 당자윤의 목소리가 커졌다.

"다쳤으면 어쩔 뻔했냐고 묻잖아. 아까 말하는 걸 보니 벙어리는 아닌 거 같은데?"

상대가 자신에게 눌려 제대로 대답을 못 한다는 걸 알면서도 당자윤은 더욱 강하게 말했다. 그렇게 말을 쏟아 내던 그가 방건의 뒤편에 서 있던 천무진을 향해 슬쩍 시선을 돌렸다.

사실 말을 멈추고 섰을 때부터 당자윤은 방건보다 천무진에게 더 시선이 갔다.

급히 돌아가던 상황에서도 전혀 흔들림 없어 보이는 모습 때문이었다.

그리고 이 정도 외모의 사내라면 분명 자신이 알 법도 한데 생면부지의 인물이었다.

당자윤이 물었다.

"그쪽은 어디 소속이오?"

방건에게 말을 걸 때보다 한층 예의가 가득한 말투였다.

갑작스레 자신에게 말을 걸어오는 상대의 행동에 천무진은 귀찮음을 애써 감추며 태연스레 대답했다.

"홍천관입니다."

"……그래?"

소속을 알기 무섭게 자연스레 말투가 변했다.

덩달아 천무진을 향해 치솟던 관심도 사라졌다. 별 볼 일 없는 자라는 확신이 생긴 탓이다.

자연스레 화살은 다시금 자신의 발걸음을 멈추게 한 방건에게로 돌아갔다.

"언제까지 기다려야 해?"

"네, 네?"

"잘못을 했으면 뭘 해야 하는지 몰라? 그것까지 내가 말해 줘야 해?"

짜증을 내는 당자윤의 모습에 방건은 주춤거렸다.

대체 뭘 원하는지 모르겠다는 듯한 표정.

그렇지만 천무진은 지금 당자윤이 원하는 게 무엇인지 알고 있었다.

사과를 하라는 게다.

어쩔 줄 몰라 하는 방건의 모습에 더는 못 참겠다는 듯 당자윤이 말을 탄 채로 다가왔다.

그가 말 위에서 손을 들어 올려 방건의 머리를 움켜잡았다.

갑작스러운 당자윤의 행동에 놀란 듯 방건이 상대를 올려다볼 때였다.

당자윤이 머리를 쥔 손에 힘을 줘서 천천히 내리누르며 말했다.

"고개를 숙여야지. 그리고 말해야겠지? 죄송하다고. 용서를 해 달라고. 그것이 잘못한 사람이 용서를 받는 순서 아니겠어?"

억지로 머리가 눌리자 방건의 얼굴이 순식간에 붉게 변했다.

적당한 힘을 주고 있기에 확 하고 고개가 꺾인 것은 아니다.

허나 그랬기에 더 굴욕적이었다.

일부러 힘을 적게 준다는 건 스스로가 알아서 머리를 숙이라는 의미였으니까.

천무진은 방건의 머리를 누르고 있는 당자윤의 입가에 보일 듯 말 듯한 미소가 걸려 있다는 걸 알아차렸다.

불쾌했고, 가소로웠다.

얼마 되지도 않는 힘으로 상대를 이토록 하찮게 만드는 당자윤의 행동이.

어쩔 줄 몰라 하며 눈치를 살피는 방건의 모습에 천무진은 슬쩍 화가 치밀기까지 했다.

허나 대놓고 나서서 도울 순 없는 상황.

빠르게 주변의 무엇인가 이용할 것이 없나 살피는 도중 옆쪽에서 누군가의 목소리가 들려왔다.

"그만하게."

제법 나이가 있어 보이는 그 목소리에 머리를 억지로 내리누르고 있던 당자윤이 움찔했다.

그가 천천히 손을 놓고는 고개를 돌렸다.

당자윤을 멈추게 만든 건 이쪽 길로 들어서고 있던 중년의 사내였다.

사십 대 중반 정도 되어 보이는 외모에 깔끔한 인상, 사람 좋아 보이는 눈매가 부드러운 느낌을 풍겼다.

긴 머리를 깔끔하게 정돈한 그가 성큼 다가오기 시작했다.

그리고 그 중년 사내를 발견한 방건이 놀란 듯 눈을 치켜뜨고는 중얼거렸다.

"과, 관주님."

그 소리를 듣기 무섭게 천무진의 손가락이 꿈틀했다. 동시에 시선은 다가오는 중년 사내에게 틀어박혔다.

'드디어 왔군.'

천무진이 그토록 기다리던 자.

홍천관의 관주 금호였다.

                    *   *   *

　금호의 등장에 당자윤은 슬쩍 말머리를 그쪽으로 돌렸다.

　무림맹 내에서 그리 큰 힘을 지니지는 못했다고 하지만 상대는 하나의 관을 이끄는 관주.

　제아무리 사천당문의 핏줄이라고 한들 함부로 대할 수 없는 상대였다.

　당자윤이 말 위에서 포권을 취하며 인사를 건넸다.

　"금 관주님을 뵙습니다."

　"당 공자님 아니십니까. 공자와 제 수하 간에 무슨 문제라도 있으신지요?"

　"아아, 별건 아닙니다. 그저 잘못을 했으면 사과를 해야 한다는 걸 설명하고 있었지요."

　담담하게 말을 하는 당자윤을 금호는 웃는 얼굴로 바라보고 있었다.

　그가 물었다.

　"그래서 이야기는 끝나셨습니까?"

　"막 끝낸 참입니다. 슬슬 가 볼까 하는데…… 더 하실 말씀 없으면 이만 움직여도 될까요?"

　"그러시지요."

금호 또한 길게 이야기를 이어 나갈 생각이 없었는지 가겠다는 그를 잡지 않았다.

대화를 끝내자 당자윤은 다시금 자신이 가려던 방향으로 말머리를 돌렸다.

그가 탄 말이 다시금 걸음을 옮길 때였다.

막 옆을 스쳐 지나가며 당자윤이 방건을 향해 작게 말했다.

"운이 좋네. 앞으로 조심해. 또 눈에 띄면 그때는 이 정도로 안 끝나니까. 그땐 아예 머리를 땅에 처박아 줄게."

말을 끝낸 당자윤이 슬쩍 천무진을 보더니 이내 비웃음과 함께 고개를 돌렸다.

더는 미련이 없다는 듯 그는 곧바로 말고삐를 움켜잡았다.

"이랴!"

다시금 말은 좁은 길목을 거침없이 달리며 점점 시야에서 멀어져 갔다.

그가 자리를 뜨자 금호가 입을 열었다.

"괜찮은가?"

"관주님을 뵙습니다!"

말과 함께 방건이 무릎을 꿇었다.

금호가 안타깝다는 표정으로 성큼 다가와 무릎을 꿇은 그의 어깨를 두드렸다.

"미안하네. 관주가 되어서는 제 식솔들 하나 못 챙기는 군."

"아, 아닙니다, 관주님!"

그의 위로에 방건은 감동했는지 당장이라도 눈물을 쏟아 낼 것만 같은 얼굴이 되었다.

방건을 다독이던 금호가 이내 자신을 향해 한 걸음 내딛는 천무진의 움직임을 느끼고는 고개를 들어 올렸다.

시선이 마주치는 순간 천무진이 포권을 취했다.

"관주님을 뵙습니다."

"……누군가 자네는? 처음 보는 얼굴인데."

"이번에 홍천관에 배정받은 무진이라고 합니다. 관주님을 뵙고 신고를 하기 위해 기다리던 중이었습니다."

"아, 며칠 자리를 비웠는데 혹 오래 기다렸는가?"

"삼 일 정도 대기했습니다."

"이런…… 미안하네. 맹의 중요한 일을 하러 자리를 비웠는데 하필 그때 새로운 인원이 들어올 줄은 몰랐군."

"괜찮습니다."

천무진은 담담하게 대답했다.

그런 그를 향해 웃음을 보인 금호가 이내 물었다.

"자네는 어디서 왔는가?"

"복건성에 있는 비연방(飛燕幇)에서 왔습니다."

"비연방?"

처음 듣는 곳이었지만 이내 금호는 고개를 끄덕였다.

홍천관의 무인들은 이처럼 이름조차 알지 못하는 문파 소속인 경우가 꽤나 많았기 때문이다.

천무진의 어깨를 두드리며 그가 말을 이어 나갔다.

"무진이라고 했던가? 한 식구가 되었으니 이제부터 잘해 봄세."

"신고를 해야 하는데 언제 찾아뵈면 되겠습니까?"

"됐네, 이렇게 얼굴을 보면 그걸로 된 게지. 내 자네 입관에 대한 서류는 집무실에 돌아가는 즉시 상부에 올리도록 하겠네. 오늘부로 자네는 진짜 우리 홍천관의 식구가 된 게야."

말을 마친 금호가 여전히 무릎을 꿇고 있는 방건을 향해 말했다.

"아직 모르는 게 많을 테니 자네가 잘 도와주게."

"물론입니다, 관주님!"

자신만 믿으라는 듯 스스로의 가슴을 두드리며 방건이 목소리를 높였다.

천무진과 방건을 번갈아 바라보던 금호는 짧게 손을 들어 올리고는 이내 몸을 돌려 걸어가기 시작했다. 방향을 보아하니 홍천관으로 가고 있을 공산이 커 보였다.

길었던 대기, 그리고 마침내 그 지루했던 시간이 끝난 모양이다.

정말로 입관을 하게 되었으니 이제부터는 보다 자유롭게 무림맹 내부를 돌아다닐 수 있게 되었다.

금호가 사라지고도 방건은 그가 걸어간 방향에서 시선을 떼지 못하고 있었다. 어깨를 두드려 주며 격려의 말을 건넸던 것이 그리도 좋은지 그는 연신 실실거렸다.

그런 방건의 옆으로 다가간 천무진이 물었다.

"아까 그 말 타던 자가 누굽니까?"

갑작스레 당자윤에 대해 묻자 그의 표정이 일그러졌다.

좋지 않은 기억, 그렇지만 상대가 누구인지 말해 줘야 그나마 덜 부끄러울 거라 생각했는지 방건이 곧장 답했다.

"너도 들어는 봤을 거다. 당자윤, 정파가 자랑하는 잠룡대(潛龍隊)의 일원이지."

잠룡대는 최고로 손꼽히는 후기지수들만이 들어가 있는 부대다.

그곳에 들어갔다는 사실 하나만으로도 훗날 정파를 이끌어 갈 재목이라는 걸 인정받았다 해도 과언이 아니다.

당자윤에 대해 설명한 방건은 그에게 잡혔던 머리를 어루만지며 중얼거렸다.

"성격 더럽다는 건 뒷소문을 통해 알고 있었지만, 보통이 아니네. 너도 조심해. 잠룡대의 일원이라는 말은 천하에서 알아주는 무인이 된다는 소리니까. 괜히 눈 밖에 났다가는 험한 꼴 볼지도 모른다. 하아, 그나저나 난 어쩌지. 괜히 찍혀 가지고……."

깊은 한숨과 함께 걱정을 토해 내는 방건을 향해 천무진이 말을 받았다.

"흐음, 걱정 않으셔도 됩니다. 뭐 그리 대단한 놈은 못 될 것 같으니까."

"내 말 어디로 들은 거야? 저 녀석 잠룡대 소속이라니까?"

답답하다는 듯 말하는 방건이었지만, 천무진은 당자윤이 사라졌던 방향을 바라보다 피식 웃었다.

방건은 그가 대단한 자가 될 거라 말하고 있었지만 천무진은 확신할 수 있었다.

당자윤이 훗날 무림에서 이름을 날리는 일은 결단코 없을 것이다.

자신의 기억에…… 그 이름 석 자는 없었으니까.

＊　　　＊　　　＊

장원으로 돌아온 천무진은 늦은 밤이 될 때까지 자신의 방에 자리하고 있었다.

이제는 정식으로 입관을 허락받아 보다 자유롭게 곳곳을 다닐 수 있게 된 상황.

내일부터는 많은 단서를 찾기 위해 움직여야만 했다.

그리고 천무진은 오늘 방건과의 대화를 통해 알게 된 몇 가지 사실들을 정리해 적화신루에 조사를 의뢰하고자 했다.

허나 백아린이 아직까지 돌아오지 않은 탓에 그는 그녀가 장원에 나타나기를 기다리고 있었다.

해시(亥時)가 지나갈 무렵, 마침내 기다렸던 백아린을 데리고 단엽이 모습을 드러냈다.

문을 열고 나타난 단엽이 먼저 불만을 토했다.

"신명 나게 싸우게 해 준다더니 이건 그냥 몸종이잖아! 금방 온다고 해서 어쩔 수 없이 입구 근처에서 대기했건만 한 시진을 넘게 기다렸다고."

연무장을 원했던 그에겐 객잔을 떠나 이곳 장원으로 들어와 수련을 할 수 있게 된 점은 무척이나 좋았지만 그걸 제외하고는 하루하루가 심심할 뿐이었다.

특별한 일도 없이 그저 홀로 장원에서 시간을 보내야만 했으니까.

투덜거리는 단엽을 놔둔 채로 천무진은 백아린에게 먼저 말을 걸었다.

"무림맹에서 무슨 일 있었어? 생각보다 늦었는데?"

"의뢰했던 정보가 들어온 게 좀 있어서요. 신루의 사람들과 잠깐 만나고 왔어요."

"무슨 정본데?"

"전에 의뢰하셨던 것 중 일부와…… 양휴의 뒤를 캐던 저희 쪽 사람들을 죽인 그자에 대해서요."

적화신루 무인들이 죽었던 그 사건에 대해 말하는 백아린의 눈동자가 차갑게 빛났다.

그날의 일은 백아린에게도 무척이나 큰 사건이었다. 어떻게든 갚아 줘야 할 일. 그랬기에 적화신루를 통해 그 일을 벌인 자에 대해 알아봤다.

그리고 마침내 조사가 끝나고 정보가 들어온 것이다.

천무진 또한 기다리고 있었던 정보였기에 눈을 빛내며 그녀의 말을 기다렸다.

백아린이 말을 이었다.

"우선 홍천관을 떠난 이들이 어떻게 됐는지 알아보라고 의뢰하셨던 거에 대해 먼저 말씀드릴게요. 그들은 평범하게 살고 있어요. 무인이다 보니 사고에 휘말려 죽은 사람도 있긴 했지만 그건 정말 극히 일부분이었고요. 무림맹에서 임무 중에 죽은 경우도 있긴 한데 그 또한 많지 않아요."

"……그래?"

천무진은 아쉽다는 표정을 지어 보였다.

사실 홍천관에서 뭔가를 찾아보려 했지만 크게 미심쩍은 게 없었다.

그나마 신경이 쓰이는 하나가 많은 이들이 홍천관에서 떠난다는 것이었는데, 사실 천무진은 그게 쉽사리 납득이 가질 않았다.

직접 들어가서 본 홍천관의 무인들은 그리 뛰어나지 않은 문파에 속해 있었고, 능력들 또한 낮은 편이다.

그 말은 곧 한번 무림맹을 떠난다면 다시 돌아오기가 힘들다는 소리다.

당장에 봤을 때 홍천관의 무인들 중에서 그 누구도 무림맹을 떠나고 싶어 하지 않았다.

그런데 매년 십여 명 이상이 그만둔다니…….

뭔가 미심쩍을 수밖에 없었다.

혹시나 그들을 이용하고 제거한 후에, 홍천관을 떠난 것처럼 일을 꾸미는 것이 아닐까 의심했지만 백아린이 가져온 정보를 확인하니 그건 아닌 듯싶었다.

"의뢰하셨던 정보는 우선 이게 전부고요, 전에 양휴를 조사하던 조사단이 전멸당했던 일에 대해서도 알고 싶으시다 하셨으니 이것도 전달드릴게요."

백아린의 말에 천무진은 고개를 끄덕였다.

이 또한 자신이 찾는 그들과 관련된 일이라 생각했기에, 무척이나 기다려 왔던 정보였다.

그녀가 말했다.

"사실 나온 정보가 거의 없어요. 정말 아무것도 찾을 수가 없어서 오히려 시간이 더 걸렸다더군요. 우선 특별한 무공의 흔적은 없었고요, 모두 검상이 하나씩 남아 있었다고 해요. 정확하게는 찌른 흔적으로요."

"찔렀다고?"

"네, 이렇게."

백아린은 자신의 손가락을 들어서 가슴 쪽에 가져다 댔다.

심장이 위치한 곳에 손가락을 댄 채로 그녀가 말을 이었다.

"단 한 명도 오차는 없었어요. 다른 곳에는 일절 상처도 없이 일격에 모두가 죽었고, 그 목표는 심장이었어요."

"심장이라…… 뭔가 특별한 건 없었어?"

"하나 있었어요. 비스듬히 검이 들어왔는데 아래에서 위로 찌르는 형식이었다고 하더군요."

"모두가?"

"네, 죽은 조사단 전원이 일치해요."

"그 말은 역시나…… 한 명에게 당했다는 소린가?"

천무진의 물음에 그녀는 고개를 끄덕였다.

아닐 가능성도 분명 있을 순 있다. 하지만 시체에 남겨진 흔적들이 정확히 일치한다. 제아무리 똑같은 무공을 익혔다 해도 조금은 다를 법도 한데, 완벽하게 같다.

이런 경우엔 단 한 명의 솜씨라고 봐야 옳다.

"의심스러운 자는 못 찾았고?"

"네, 양휴의 뒤를 조금 더 캐긴 했지만 의심스러운 자는 없었어요. 혹시나 더 깊게 파고 들어갔다가는 그들 또한 목숨을 잃을 수 있어 우선은 적당히 거리를 두게 시켰고요."

조사단 하나를 궤멸시킨 자.

상대가 누구인지 모르는 상황에 섣부르게 행동했다가는 또 같은 피해를 반복하게 될 수도 있다.

이야기를 끝까지 들은 천무진이 의자에 몸을 기대며 중얼거렸다.

"한 명⋯⋯."

지금 천무진이 찾는 그들과 가장 가까운 것은 무엇일까?

무림맹?

아니, 바로 양휴 본인이다.

양휴에 관련된 일을 알아내기 위해 무림맹에 들어간 것이니, 당연히 본인에게 물어보는 것이 가장 빠르지 않겠는가.

그걸 잘 알면서도 천무진은 양휴를 건드리지 않고 무림맹에 직접 들어가는 번거로운 일을 하고 있었다. 이유는 여러 가지가 있었지만, 무엇보다 가장 큰 이유가 하나 있다.

그건 바로 적화신루의 조사단 전원이 죽은 그 사건 때문이었다.

백아린에게 그들이 제법 빼어난 무공 실력을 지녔었다 들었다. 그런 이들을 몰살시킨 누군가가 있다.

그들이 누군지 알아야 했다.

적어도 양휴의 앞에 천무진 본인이 나설 생각은 전혀 하지 않았다.

그의 주변에 숨어 있는 정체불명의 살인자가 자신을 알아볼 수 있다 생각해서다.

그렇다면 누군가를 보내 억지로 끌고 와야 된다는 건데, 사실 상대가 누군지 모르는 상황에 그런 판단은 쉽지 않았다.

게다가 혹 천무진이 어딘가의 도움을 받아 많은 숫자의 무인이 움직인다면 상대는 모습을 드러내지 않을 확률이 컸다.

오히려 양휴를 죽이고 입막음을 시킬 수도 있는 상황. 단서 하나하나가 중요한 이 시점에 양휴라는 패를 잃을 수는 없었다.

그랬기에 천무진은 보다 확실하게 상황을 파악하고자 했다.

그리고 백아린의 정보를 통해 그 상대가 하나인 것을 확인하자…… 망설일 이유가 사라졌다.

천무진이 입을 열었다.

"단엽."

"왜 주인?"

흥미가 이는 이야기였는지 귀를 쫑긋 세우고 있던 단엽이 자신을 향한 천무진의 부름에 답했다.

천무진이 그에게 명령을 내렸다.

"할 일이 하나 생겼어."

"그게 뭔데?"

"양휴, 네가 잡아 와야겠다."

"오호, 드디어 움직이는 건가?"

단엽의 눈동자에 이채가 일었다.

긴 시간 방구석에 박혀 있으며 싸우고 싶은 의지를 풍겨 대던 그다. 그러던 중 마침내 단엽이 움직일 시간이 온 것이다.

"지금 이야기는 대충 들어서 알 거야. 아마 옆에 정체를 모를 놈 하나가 있을 공산이 커."

"그 일격에 심장을 꿰뚫어 죽였다는 놈?"

"맞아. 너 혼자 나타나면 아마도 그자 또한 굳이 숨으려 들지 않겠지."

상대가 얼마나 강한 자일지는 가늠할 수 없다.

하지만 자신이 직접 움직일 수 없는 지금, 단엽은 가장 믿을 수 있는 최고의 패다.

천무진이 말을 이었다.

"반항을 할지, 아니면 순순히 따라올지는 몰라. 어떻게 굴든 잡아 와. 반드시 죽지 않은 상태로 내 앞에 가져다 놔야 돼."

"그 심장을 꿰뚫는 놈은? 그 새끼는 죽여도 되고?"

천무진이 뭐라 대답을 하려고 할 때였다.

가만히 서 있던 백아린이 먼저 단엽을 향해 입을 열었다.

"부탁 하나만 할게. 혹시 죽이게 된다면 그 시체는 우리 쪽에 넘겨줘. 정체를 알아내고 싶거든."

수하들을 죽게 만든 자다.

정체를 알아내서 그가 수하들을 죽이도록 명령을 내렸던 자들에게 대가를 치르게 하는 것, 그것이 백아린이 죽은 그들의 넋을 위로하는 방법이었다.

그녀의 말에 단엽이 피식 웃으며 답했다.

"뭐, 그렇게 하지. 단 내 주먹에 당하고도…… 그 시체가 멀쩡히 남아 있을지는 모르겠지만."

2장. 단서 —
이게 뭔지 알아?

　홍천관에서 천무진이 맡은 보직은 창고 관리였다. 허나
말이 관리지 하는 일은 허드렛일에 가까웠다.

　직접 물건을 나르는 것부터 해서 매일 들어오고, 나가는
수량을 확인하여 꼼꼼히 기재하는 정도의 일이었다.

　무림맹 창고 전체가 아닌 홍천관이 관리하는 것들 중에
서도 자그마한 하나를 맡은 정도의 상황.

　손은 제법 갔지만 그만큼 일만 끝내면 자유로운 시간이
꽤 있는 편이었다.

　양휴가 입관했었다는 홍천관 내부를 돌며 이런저런 것들
을 살펴보고는 있지만 무엇 하나 단서를 찾지 못하는 지금,

천무진은 단엽을 기다리고 있었다.

감자가 담긴 자루들 사이에 걸터앉아 있던 천무진이 주변을 두리번거렸다.

햇빛 한 점 들지 않도록 창문 하나 없는 창고 내부에는 감자를 비롯한 몇 가지 채소들이 자리하고 있었다.

시간은 꽤나 늦어 밤이 되고도 한참이 지났지만 천무진은 여전히 창고에서 기척을 감추고 있었다.

사실 천무진은 현재 업무를 마치고 나간 것으로 되어 있었다. 매번 그는 업무 종료를 알리고 나가는 척을 한 후에, 다시금 담장을 넘어 이곳에 숨어들고 있었다.

단엽의 연락을 기다리는 상황이라고는 하지만 천무진 또한 손 놓고 있을 수만은 없는 일.

이곳에서 혹시 모를 수상한 움직임을 하염없이 기다리는 것, 그것이 지금 천무진이 할 수 있는 전부였다.

시간이 참으로 덧없이 흘러갔다.

거의 눕다시피 자리하고 있던 천무진이 슬그머니 자루 안에 들어가 있는 감자 하나를 움켜쥐었다.

손바닥 안에 딱 들어맞는 크기의 감자.

휙휙.

공중으로 던졌다 받기를 반복하는 천무진의 표정은 복잡했다.

미래를 바꾸기 위해 세상으로 뛰어들었다. 그런데 얻은 것은 크게 없었다.

그나마 적화신루와 손을 잡았고, 단엽을 수하로 거뒀다.

허나 이것만으로 그들과의 싸움을 대비했다 말할 수는 없다. 정체를 알 수 없었기에 두려움은 점점 커질 수밖에 없었다.

'잘 가고 있는 건지 모르겠군.'

어떻게 다시 한번의 삶을 더 선물 받게 됐는지는 아직도 모른다.

그렇지만 이런 기적이 다시금 반복될 거라 생각하지는 않는다.

다시 주어진 기회, 절대 놓치고 싶지 않았다.

지옥과도 같았던 그 삶을 생각하니 절로 눈동자가 흔들렸다.

고통과 슬픔만이 가득했던 그 삶이 점점 다가오는 것 같다는 생각이 드는 그때였다.

툭.

허공으로 던졌다 받기를 반복하던 감자가 손가락 끝에 걸리며 땅에 떨어졌다.

천무진은 놀란 듯 자신의 손을 바라봤다.

덜덜.

손이 부들부들 떨리고 있었다.

천무진은 이를 꽉 깨물며 떨리는 손을 움켜잡았다.

'제발…….'

지금 생의 일은 아니었지만, 그 모든 고통받은 순간의 기억들이 남아 있었다.

문제없다 생각했다.

하지만 아니었다.

마음속 깊은 곳에 남아 있는 그 어둠이 밀려들자 저절로 몸이 반응한 것이다.

괜찮은 게 아니었다.

그저…… 그 공포를 참고 있었던 것일 뿐.

손을 가슴팍에 가져다 댄 채로 몸을 웅크리고 있던 천무진은 이내 들려오는 소리에 정신을 차렸다. 닫혀 있는 창고의 문이 움직이는 소리. 천무진은 우선 주변에 있는 물건들 사이로 숨어 몸을 감췄다.

끼익.

열렸다가 닫히는 창고의 문.

천무진은 상대를 확인하기 위해 슬쩍 고개를 내밀었다가 이내 얼굴을 찡그렸다.

창고 안에 나타난 것이 백아린이었기 때문이다.

천무진은 곧바로 모습을 드러냈고, 그를 발견한 백아린

이 성큼 다가오다 갑자기 눈을 동그랗게 떴다.

딱딱하게 굳은 얼굴에는 평소 같은 여유로움이 느껴지지 않는다. 거기다가 식은땀까지 흘리고 있는 모습이 무척이나 위태로워 보였다.

팔을 움켜쥐고 있는 천무진의 모습을 보며 그녀가 전음을 날렸다.

『왜 그래요. 손은 왜 그렇게 잡고 있어요?』

백아린의 말을 듣고서야 천무진은 자신이 아직까지도 손이 떨리지 않도록 팔목을 움켜쥐고 있다는 사실을 알아차렸다.

화들짝 손을 놓은 천무진이 대수롭지 않게 말을 받았다.

『좀 뻐근해서. 그런데 무슨 일이야?』

천무진은 슬쩍 자신이 놓은 손을 확인했다. 다행히도 떨리던 손은 어느 정도 진정된 듯싶었다.

그걸 확인한 순간 그는 속으로 안도의 한숨을 내쉬었다.

다른 누군가에게 약한 모습을 보이고 싶지 않았으니까.

둘러댄다는 걸 단번에 알 수 있었지만 백아린은 아무런 것도 묻지 않았다. 평소와 달랐던 그의 모습에서 감추고 싶은 무엇인가가 있다는 사실을 어렴풋이 알 수 있었으니까.

비밀리에 숨어 있는 상황이었기에 둘은 전음으로 대화를 이어 나갔다.

『잠깐 어딜 다녀와야 할 것 같아서요. 내일 아침에나 돌아올 거 같은데 혹시 찾으실까 봐 말씀드려 놓고 가려고요.』

『한천도 같이?』

『아뇨, 저 혼자 다녀올 생각이에요.』

『그러면 굳이 찾아올 거 없이 한천한테 말해 둬도 되잖아.』

『얼굴을 봐야 말해 두죠. 술 마신다고 코빼기도 안 비치는걸요.』

『또?』

무림맹에 들어온 지 어언 칠 일이 넘는 시간이 흘렀다.

헌데 그 이후부터 한천은 하루도 빠짐없이 술을 마시고 들어왔다.

천무진의 질문에 백아린이 고개를 절레절레 저으며 대답했다.

『아주 물 만난 고기에요. 인맥을 넓히는 중이라고 떠들어 대니 뭐라고 하지도 못하겠고 말이죠.』

기가 막힌다는 표정을 짓고 있는 천무진을 향해 백아린이 성큼 다가왔다. 그리고는 이내 들고 있던 보따리 하나를 내밀었다.

얼결에 받아 든 보따리와 백아린을 번갈아 바라보던 천무진이 물었다.

『이건 뭐야?』

『며칠째 저녁에 식사도 안 하고 있잖아요. 별건 아니고 오는 길에 그냥 간단한 것 좀 챙겨 왔어요. 냄새 안 나는 거니까 걱정 말고 먹어요.』

『……쓸데없는 짓 하긴.』

『먹든 말든 그건 알아서 하시고 전 전할 말 전했으니 우선 가 볼게요. 그럼 내일 봬요.』

말을 끝낸 백아린은 더는 이야기를 이어 가지 않고 닫았던 문으로 성큼 다가갔다.

그리고는 아무렇지 않게 문을 열려는 그 찰나.

천무진이 다급히 그녀의 손목을 잡아챘다.

백아린이 고개를 돌려 천무진을 올려다보자 그가 검지를 입가에 세웠다.

조용히 하라는 신호, 하지만 이미 백아린 또한 왜 그가 그런 행동을 하는지 알아차리고 있었다.

그녀 또한 제법 거리가 멀긴 하지만 누군가의 움직임을 느끼고 있었으니까.

천무진은 문에 몸을 가져다 댄 채로 조심스럽게 힘을 주기 시작했다.

덕분에 문은 소리도 나지 않은 채 조금씩 열려 바깥을 확인할 수 있는 상황이 되었다.

늦은 밤 누군가의 움직임.

종종 늦게까지 일을 하는 경우도 있긴 했지만, 이번엔 조금 달랐다.

이미 홍천관에 있던 모두가 퇴관한 것으로 되어 있었다.

그리고 그 와중에 다시 누군가가 나타난 것이고.

특별한 일이 아니고서야 다시금 이 늦은 밤에 나타날 일은 거의 없다 봐도 무방했다.

더군다나 그 상대는…….

'부관주?'

첫날 자신이 맞고 있는 걸 웃으며 보고 있던 부관주 여청이 모습을 드러냈다.

그는 태연하게 밤거리를 걷다가 이내 어딘가에 이르러 멈추어 섰다.

전각 안에 있는 수십여 개의 창고 중 하나.

그 창고의 앞에 선 여청이 주변을 슬쩍 두리번거렸다.

그리고는 이내 문을 열고 안으로 사라졌다.

모습을 나타낸 자가 부관주라는 사실에 천무진의 의심은 더욱 깊어졌다.

'수상한데.'

며칠 동안 보아 온 바로 여청은 이 창고 쪽에는 얼씬도 하지 않았다.

홍천관 내에서도 잡무로 분류되는 창고 일에 전혀 관여하지 않는 탓이다.

나중에 보고서나 받는 정도로 창고 쪽에 대한 일을 끝맺는 그가 직접 창고에 나타났다? 그것도 이 늦은 밤에?

여청이 들어간 창고를 바라보고 있는 천무진에게 백아린의 전음이 날아들었다.

『저 사람 누군지 혹시 알아요?』

『우리 부관주야. 여청이라고 하더군.』

『그래요? 수상한 사람은 아니군요.』

『아니지. 그런데…… 그래서 수상해. 창고 쪽 일에는 전혀 관심 없거든.』

『그랬던 자가 이 밤에 창고에 왔다 이 말이군요. 뭔가 좀 이상하긴…… 어? 벌써 나오는데요?』

전음을 몇 번 주고받기도 전에 창고 안으로 들어섰던 여청이 걸어 나왔다.

그는 다시금 주변을 살펴보고는 이내 옷매무새를 정리하며 걸음을 옮겼다.

기척을 완벽히 감추고 있었던 탓에 여청은 누군가가 자신을 바라보고 있다는 사실을 전혀 알아차리지 못했다.

백아린이 곧바로 전음을 보냈다.

『저 창고에 뭐 특별한 거라도 있어요?』

『아니. 대충 다 둘러봐서 아는데 저쪽 창고라면 있는 것들은 다 뻔한데…….』

대부분이 식재료이거나, 기껏해야 병장기 일부를 모아 놓은 창고.

그것도 아니면 생활에 필요한 평범한 용품이 대부분이다.

천무진은 여청이 아예 사라진 걸 확인하고서야 문을 열고 바깥으로 걸어 나갔다.

직접 눈으로 확인하기 위해서였다.

천무진이 움직이자 백아린 또한 재빠르게 그 뒤를 쫓았다.

어둠 속에서 두 사람의 신형이 놀라울 정도로 빠르게 움직였다.

쉬쉬쉭.

순식간에 창고의 입구에 도착했고, 천무진은 망설임 없이 문을 열고 안으로 들어섰다.

뒤이어 들어선 백아린이 문을 닫고는 주변을 둘러봤다.

천무진의 말대로 창고는 방금 전에 자신들이 있던 곳보다 크기만 조금 더 클 뿐 그리 특별한 건 보이지 않았다.

한쪽에는 간단한 식재료들이 가득했고, 다른 쪽에는 커다란 항아리들이 즐비했다.

그리고 구석에는 다소 가격이 나가 보이는 식기류들이 자리하고 있었다.

백아린이 먼저 그것 중 하나의 뚜껑을 열었다.

진한 향이 갑자기 훅 하고 밀려들어 왔다.

음식에 쓰는 조미료였다.

몇 개의 항아리들을 열어 보니 그 안에는 마찬가지로 여러 종류의 장들이 자리하고 있었다.

음식을 하는 데 필요한 장들을 보관하는 곳인 듯싶었다.

놓여 있는 오십여 개의 항아리들.

빠르게 모든 내용물을 확인했지만 그리 이상한 건 없어 보였다.

뒤늦게 식재료 쪽을 뒤지던 천무진이 다가왔다.

『찾은 건 없어?』

『네, 특별한 건 안 보이는데요.』

천무진으로서는 답답할 수밖에 없었다.

대체 여기에 무엇이 있기에 부관주가 이 늦은 밤에 몰래 들어왔다가 나간단 말인가.

허나 직접 확인해 본 결과 내부에는 전혀 의심스러운 뭔가가 보이지 않았다.

그나마 의심해 볼 만한 것이 구석에 자리하고 있는 값비싸 보이는 식기류들 정도인데……

'단순히 재물 때문에 들어왔다는 건가?'

아쉽지만 지금으로선 그 같은 결론을 내릴 수밖에 없는 상황.

잠시 더 주변을 둘러보아도 전혀 의심스러운 걸 찾을 수가 없었기에 결국 천무진은 생각을 접었다.

지금으로선 괜한 의심을 했던 것 같다는 판단이 섰다.

천무진이 전음을 보냈다.

『우선 나가지. 아무래도 헛다리를 짚은 것 같아.』

그의 말에 백아린 또한 고개를 끄덕이고는 항아리 안의 내용물을 살피기 위해 열어 두었던 뚜껑을 다시금 닫기 시작했다.

그리고 천무진 또한 바닥에 놓여 있는 뚜껑으로 열린 항아리를 닫고 있을 때였다.

막 뚜껑 하나를 주우며 몸을 일으켜 세우던 그가 갑자기 멈칫했다.

천무진의 시선이 천천히 움직였다.

바로 앞에 있는 항아리를 천무진은 말없이 응시했다.

정말 별건 아니었다.

향신료로 쓰이는 붉은색의 꽃잎들이 잔뜩 들어가 있는 항아리.

문제는 그 항아리가 아니었다.

항아리의 아래에 높이를 맞추기 위해 깔려 있는 돌, 바로 그게 시선을 끈 것이다.

평평한 돌. 그렇지만 돌의 모서리 부분이 깨어져 있었다.

그리고 그 주변에 퍼져 있는 자잘한 돌가루들.

가루의 양은 정말 얼마 되지 않았다. 시간이 조금만 더 지나면 넓게 퍼져 가루가 있었다는 사실조차 알아챌 수 없을 정도였다.

그 정도로 소량인 가루들이 한곳에 모여 있다는 건 이 돌이 막 깨어졌다면 걸 의미했다.

그리고 이 창고를 관리하는 자가 퇴관한 지는 몇 시진이 넘게 흐른 상황.

이런 상황에서 돌이 깨져 있다면…….

천무진은 천천히 무릎을 굽히고는 쥐고 있던 뚜껑을 내려놓았다.

그리고는 손가락으로 바닥에 떨어진 돌가루를 어루만졌다.

손가락에 묻은 돌가루를 천무진은 조심스레 코로 가져다 댔다.

코를 통해 들어오는 미약한 향.

순간 천무진의 손가락이 꿈틀했다.

이 냄새…… 왠지 모르게 어딘가 익숙하다.

갑자기 바닥에 주저앉아 냄새를 맡고 있는 천무진의 행동에 이상함을 느낀 백아린이 다가왔다.

『왜 그래요?』

천무진이 항아리 바닥에 놓여 있는 돌을 가리키며 물었다.

『이게 뭔지 알아?』

『……겉보기엔 그냥 돌 같은데요.』

허리를 굽힌 채로 살펴봤지만 특별할 건 없었다. 어디서나 볼 수 있는 돌덩이. 백아린 또한 천무진과 마찬가지로 바닥에 있는 돌가루를 손가락 끝에 묻혀 냄새를 확인했다.

하지만 그녀는 그저 고개를 갸웃할 뿐이었다.

『신기하게 향기에 가까운 냄새가 좀 나는데요? 이게 무슨 돌이죠?』

『그건 나도 모르겠어. 하지만 부관주가 여기 들어왔던 게 이 돌 때문인 건 확실해.』

『어째서 그렇게 확신하죠?』

『돌이 막 부서진 흔적이 보이니까.』

천무진의 말을 듣고 백아린은 곧바로 그가 왜 그리 생각했는지 단번에 알아차렸다. 그녀 또한 부서진 돌의 단면이나, 주변에 퍼져 있는 가루를 보며 동감한다는 듯 고개를 끄덕였다.

『그러게요. 막 부서진 게 맞네요.』

천무진은 손으로 돌의 한쪽을 움켜쥐었다.

내력을 불어넣자 돌은 쉽사리 깨어져 나갔다.

팍.

최대한 티가 나지 않도록 일부를 떼어 낸 천무진은 그 돌을 백아린에게 내밀며 물었다.

『이 돌의 정체가 뭔지 알아봐 줄 수 있겠어?』

『……어려운 의뢰네요.』

다른 것도 아닌 돌이다.

살아 있는 사람도 아니고, 세상 어디에나 굴러다니는 돌.

그런 돌 중에 이것이 무엇인지 알아낸다는 건 정말 쉽지 않은 의뢰였다.

하지만 천무진의 얼굴을 직접 마주하고 있는 백아린의 감이 말하고 있었다.

이건 아주 중요한 의뢰가 될 거라고.

결국 그녀는 고개를 끄덕였다.

『해 볼게요. 우선은 상부의 승낙부터 받아 내야겠네요. 사람 찾아 달라는 의뢰는 많았어도 돌을 찾아 달라는 의뢰는 처음이라…….』

말을 하고도 우스웠는지 백아린은 피식 웃었다.

＊　　　＊　　　＊

섬서성.

지금 천무진 일행이 있는 사천과 맞닿아 있는 곳이자 구파일방인 화산파와 종남파가 자리하고 있는 정파의 세력권이다.

그런 섬서성의 남쪽 지역, 감중(橄重)에 한 사내가 모습을 드러냈다.

날카로운 눈매를 한 사내는 마을에 들어서기 무섭게 성큼성큼 어딘가를 향해 나아갔다.

죽립을 쓴 채로 얼굴은 가리고 있었지만 비범한 분위기를 풍기는 사내, 단엽이었다.

천무진의 명령으로 양휴를 잡으러 온 그가 이곳 감중에 도착한 것이다. 사천에서 섬서로 넘어온 것이긴 하지만 그나마 밀접한 곳에 있었기에 시간은 그리 오래 걸리지 않았다.

감중에 들어서기 무섭게 단엽이 간 곳은 자그마한 상단이었다.

일을 하는 이들까지 해서 대략 스무 명 안팎으로 구성된 상단. 이 상단은 다름 아닌 적화신루의 지부 중 하나였다.

백아린을 통해 상단을 소개받았고, 양휴를 잡는 데 도움을 받기 위해 이곳에 온 것이다.

초면인 그가 상단에 들어서자 입구 부근에서 일하던 사내 하나가 다가왔다.

젊은 사내가 물었다.

"누구십니까?"

"여기 단주를 만나러 왔는데."

"약속은 하셨습니까?"

"여기."

백아린이 준 소개서를 들이밀자 사내는 잠시만 기다려 달라는 말과 함께 곧 사라졌다.

그리고는 얼마 지나지 않아 모습을 감췄던 사내가 돌아왔다.

그가 말했다.

"오시죠. 단주님께서 뵙자고 하십니다."

말을 끝내고 걸어가는 사내의 뒤를 단엽이 따라 걸었다.

그렇게 사내의 안내를 통해 도착한 전각에는 한 명의 사내가 기다리고 있었다.

사내는 바로 이곳 상단의 단주인 문인준(聞人俊)이라는 인물이었다.

단엽을 여기까지 안내해 준 사내는 곧바로 자리를 비웠고, 문인준이 손짓했다.

"안으로 드시지요."

단엽은 성큼 전각 안으로 들어가 빈 의자에 걸터앉았다. 그의 맞은편에 자리한 문인준이 입을 열었다.

"서찰을 보았습니다. 양휴의 정보가 필요하시다고요?"

"어, 이곳에 오면 도움을 좀 받을 수 있다던데."

"물론입니다. 우선 여독을 좀 푸실 수 있게 방부터 마련을⋯⋯."

"아니, 그럴 필요 없어. 당장 움직일 생각이라서."

"지금 바로 말씀이십니까?"

사천성 성도에서부터 이곳까지 꽤나 힘든 여정이었을 터인데 곧바로 움직이겠다는 단엽의 말에 문인준은 놀란 눈치였다.

그의 질문에 단엽은 당연하지 않냐는 듯 되물었다.

"내가 왜 여기 왔는지 알아?"

"당연히 양휴를 잡으러⋯⋯."

"아냐. 난 그놈 옆에 있다는 정체불명의 놈을 박살 내러 온 거거든. 싸우러 왔는데 한가하게 쉬고 있을 이유가 없잖아."

사실 단엽은 양휴에 대해서는 별 관심이 없었다.

그저 그의 옆에 숨어 있다는 정체불명의 상대.

그자와 싸워 보고 싶을 뿐이다.

단엽이 의자에 몸을 기댄 채로 씩 웃으며 물었다.

"몸이 근질근질해서 그러는데 그놈 지금 어디 있냐?"

*   *   *

잠시 후 단엽과 문인준이 자리하고 있는 곳은 객잔이었다.

객잔은 손님들이 바글바글했고, 둘은 그 안에서 한 자리를 차지한 채로 시간을 보내고 있었다.

단엽은 앞에 놓인 술잔을 홀짝이며 괜스레 주먹을 쥐었다 펴는 것을 반복했다.

그의 시선이 슬쩍 스쳐 지나가는 곳.

두 사람이 앉은 곳과 먼 곳에 위치한 한 사내의 모습이 눈에 들어온다.

서른 중반 정도의 나이, 수염이 조금 지저분하게 자라 있었고 전체적인 인상은 다소 사납게 생겼다. 찢어진 눈에 고집스러워 보이는 입매는 그가 제법 성격이 있는 사내임을 말해 주는 듯싶었다.

술을 좋아하는지 연신 옆에 있는 이들과 술을 들이켜 대는 사내.

저자가 바로 양휴였다.

이 객잔에 양휴가 있다는 사실을 알고 있었던 문인준은 곧바로 단엽을 데리고 이곳으로 왔고, 그의 정보대로 이곳에는 아까부터 술판을 벌이고 있던 양휴가 있었다.

당장이라도 싸움을 벌이고 싶어 하던 단엽이었지만……그는 생각보다 침착했다.

애초에 싸우고자 했던 상대는 양휴가 아니기도 했고, 자신이 섣부르게 나섰다가 적화신루 조사단을 전멸시켰던 자가 나타나지 않는다면 모두 공염불이 될 공산이 컸기 때문이다.

문인준은 필요하면 적화신루의 무인들을 더 지원해 주겠다고 했지만 단엽은 이를 거절했다.

숫자가 많아지고 뭔가 위험한 기색이 보이면 오히려 적이 숨을 수 있다 판단해서다.

그랬기에 이곳에 동행한 문인준에게도 잠시만 함께 자리를 지켜 주다 가라는 지시까지 내린 상황.

걱정이 되는지 슬쩍슬쩍 눈치를 살피던 문인준이 물었다.

"괜찮으시겠습니까?"

"말했잖아. 충분하다니까."

어차피 상대가 하나인 이상 단엽은 자신이 있었다.

술잔의 술을 털어 마신 그가 말을 이었다.

"됐으니까 이제 가 봐. 일 끝내고 다시 찾아갈 테니까."

"……알겠습니다. 혹시나 마음이 바뀌시면 연락 주시지요."

말을 마친 문인준이 자리에서 일어났다.

단엽의 정체를 모르는 그로서는 적화신루 조사단 하나를 궤멸시킨 위험인물과 단신으로 싸우려는 것이 무모하다 느껴질 수밖에 없었다.

허나 이야기가 길어지면 주변에 있는 다른 이의 귀에도 말이 들어갈 수 있는 상황.

이미 생각이 저리 확고한 상태니 더는 설득할 이유가 없었다. 문인준은 곧바로 의심받지 않게 객잔을 빠져나갔다.

그렇게 혼자 남은 단엽이 손을 들어 올렸다.

"어이, 여기 죽엽청 한 병만 더 줘."

간단하게 술을 한 병 더 주문한 단엽은 양휴에게 시선을 주지 않은 채로 술잔을 채워 갔다.

쪼르르.

시선은 전혀 주지 않고 있지만 이미 이 객잔 내부에 있는 모두가 그의 감각 안에 잡혀 있다. 아주 미세한 움직임이라도 놓치지 않을 수 있었기에 굳이 눈으로 확인하고 있을 이유는 없었다.

술자리는 생각보다 길어졌고, 양휴는 점점 더 얼큰하게 취해 가고 있었다.

'언제까지 마실 생각이야?'

적당한 정도의 취기만을 유지하며 남은 술기운들은 내공으로 날리고 있던 단엽이 바깥을 살폈다.

해가 지고도 한참은 지나 새벽으로 들어서는 시간.

꽉 차 있던 객잔도 점점 한산해지기 시작했고, 일을 하던 점소이도 졸린지 한쪽에서 꾸벅꾸벅 졸아 대고 있었다.

양휴와 함께 술을 마시던 일행 세 명도 서서히 지쳐 가는지 피곤한 기색이 역력한 상황.

단엽은 술자리가 얼마 남지 않았다는 판단을 내렸고, 예상대로 그로부터 약 이 각 가까운 시간이 지나자 그들은 자리에서 일어나기 시작했다.

양휴는 무인이었지만 그와 함께한 이들은 딱히 무공을 배운 이들이 아니었다. 대부분이 그냥 돈깨나 있어 보이는 자들.

그들 중 하나가 버럭 소리쳤다.

"이놈아! 슬슬 가자."

사내가 소리치자 바깥에서 대기하고 있던 몇몇 이들이 헐레벌떡 뛰어 들어왔다.

개중엔 젊은이도 있었고, 나이 든 자도 있었다.

그들은 황급히 양휴와 술자리를 함께한 이들의 짐들을 챙겼다.

그리고 마찬가지로 양휴에게도 누군가가 다가갔다.

일행들 중에 가장 어린 소년이었다.

십 대 중반 정도 되어 보이는 앳된 얼굴.

평범한 외모였지만 아직 소년티가 물씬 나는 그런 아이였다.

그리고 키는 얼굴에서 느껴지는 나이에 비해 조금 작은 편이었다.

"도련님, 제가 들겠습니다."

자그마한 소년이 쪼르르 달려와 양휴의 짐을 대신 챙겼다.

무거운 검을 낑낑거리며 드는 소년을 보며 양휴가 한숨을 내쉬었다.

"사내새끼가 그리 힘이 없어서 어따 쓰려고. 쯧, 몸종을 바꾸든 해야지 원. 됐다, 이리 내놓거라!"

말을 하며 양휴는 소년이 들고 있던 검을 낚아채 갔다.

그의 빠른 손놀림에 깜짝 놀란 얼굴을 하던 소년이 나머지 짐만을 어깨에 짊어진 채로 시무룩한 표정을 지어 보였다.

양휴가 술자리를 함께한 이들과 함께 너털웃음을 터트리며 말했다.

"하하! 어서들 감세. 내 오늘은 잔뜩 얻어먹었으니 내일은 내가 쏘지."

"그 말 잊지 말게나. 술김에 한 말이라 까먹었다고 하면 무척이나 곤란하네."

"에잉, 내가 누군가! 양휴일세. 대장부 양휴!"

가슴팍을 팍팍 치며 자신 있게 말하는 양휴를 보며 남은 세 명 또한 크게 웃음을 터트렸다.

그렇게 몸종을 대동한 네 사람이 모두 객잔 밖으로 나갔을 때였다.

앉아 있던 단엽이 자리에서 일어났다.

"돈은 여기 두지."

탁자에 술값을 내려놓은 단엽은 나간 그들의 뒤를 따라 천천히 움직였다.

약간의 시간 차를 두긴 했지만 멀리에서나마 육안으로 동태 확인이 가능할 정도의 거리.

사실 훨씬 더 거리를 벌려도 뒤를 쫓는 데는 전혀 문제가 없었지만 단엽은 적당한 수준의 간격을 계속해서 유지했다.

자신이 양휴를 놓칠까 봐 그러는 게 아니다.

그토록 찾고 있는 그 정체불명의 자가…… 자신을 확인할 수 있도록 하기 위해서다.

그리고 어느 정도 만만해 보여야 그자도 나타날 것이 아닌가.

제대로 실력을 드러낸다면 양휴를 죽이고 도망칠 수도 있었기에 단엽은 오히려 스스로를 만만하게 보도록 만들고 있었다.

마치 이것보다 멀어지면 놓칠 거라는 듯 적당한 수준의 거리를 유지하며 은밀히 뒤쫓는 걸음걸이.

이 모든 것이 완벽한 계산으로 만들어진 움직임이었다.

멀리서 쫓으며 단엽은 그들의 움직임을 예의 주시했다.

술에 많이들 취했는지 비틀거리며 걸어가던 그들은 이내 하나둘씩 몸종과 함께 각자의 거처로 돌아가고 있었다.

그렇게 마지막 세 번째 사내가 몸종과 함께 떠나갔고, 마침내 양휴만 남게 된 상황.

옆을 따르는 몸종 소년만이 곁에서 낑낑거리며 술 취한 그를 부축한 채로 가고 있었다.

속도가 더 더뎌지자 마찬가지로 단엽 또한 걸음을 늦췄다.

그리고 마을의 외곽 지역을 걷던 소년은 더는 못 버티겠는지 잠시 나무에 양휴를 기대 세운 채로 땀을 닦아 댔다.

소년은 술에 취해 혼절해 있는 양휴를 보며 걱정스레 말했다.

"어휴, 어쩌지."

여기까지는 어떻게 부축한 채로 데리고 왔지만, 검 하나

제대로 들지 못했던 소년이다. 아예 혼절을 해서 이제는 걸음조차 못 옮기는 그를 부축한 채로 목적지까지 가는 건 무리였다.

어쩔 줄 몰라 하는 소년이 있는 곳을 향해 단엽이 천천히 다가가고 있었다.

점점 양휴와 단엽과의 거리가 좁혀졌다.

이제 거리는 고작 십여 장 정도.

마음만 먹으면 당장이라도 달려가 제압할 수 있을 정도의 거리다.

그리고 마침 어떻게 해야 하나 주변을 두리번거리던 소년의 시선이 단엽에게 와서 멈췄다.

늦은 밤이고 마을의 외곽 부분이라 지나다니는 사람은 단엽을 제외하곤 없었다.

곤란한 표정을 짓고 있던 소년이 그를 발견하고는 황급히 달려왔다.

땀으로 범벅인 얼굴로 단엽에게 달려온 소년이 입을 열었다.

"저 아저씨."

"뭐야, 꼬맹이."

"죄송한데 조금만 도움을 주실 수 있을까요? 저희 주인 나리께서 술에 취하셔서요. 집까지 모시고 가야 하는데 도저히 제힘으론 무리라서요."

"내가? 나 그렇게 무보수로 누구 돕고 그러는 사람 아닌데."

"에이! 집으로만 모셔다 주시면 당연히 사례하죠."

소년은 부탁한다는 듯 간절한 눈빛으로 단엽을 올려다보고 있었고, 단엽은 나무에 기댄 채 혼절해 있는 양휴를 슬쩍 바라봤다.

알면서도 단엽이 괜히 물었다.

"저 사람이 네 주인이냐?"

"예, 예. 그렇게 무겁지는 않으셔서 둘이 같이 양쪽에서 부축하면 어렵지 않게 모실 수 있을 거예요. 집도 여기서 반 각 정도밖에 안 걸리고요."

"뭐 정말 돈만 준다면야……."

"정말요? 우와, 감사합니다. 어르신!"

좋다는 듯 함박웃음을 지어 보이는 소년을 보며 단엽 또한 픽 웃었다.

그리고는 이내 양휴를 향해 먼저 걸음을 옮겼다.

그를 향해 다가가는 단엽의 뒤쪽으로 막 소년이 따라붙는 그때였다.

갑자기 단엽이 걸음을 멈추며 몸을 돌렸다.

"그런데 꼬마야."

"네?"

돌연 걸음을 멈추고 자신을 부르는 단엽을 향해 소년이 눈을 동그랗게 뜰 때였다.

그런 소년을 향해 웃음을 보이고 있던 단엽이 갑자기 배를 움켜쥐었다.

"큭, 크크큭!"

"아, 아저씨 갑자기 왜 그러세요……."

갑자기 미친 사람처럼 웃어 대는 단엽의 모습에 소년은 겁먹은 표정으로 두어 걸음 물러섰다.

막 웃어 대던 단엽이 손으로 입 부분을 어루만지며 비웃음 가득한 표정을 지어 보였다.

"아, 미안. 좀 더 참으려 했는데 너무 웃겨서."

"갑자기 뭐가……."

"너무 웃기잖아. 나이도 많으면서 어린 척하는 꼬락서니가. 역겨워 죽겠다, 야."

단엽의 그 한 마디에 소년의 순진무구해 보이던 얼굴이 싸늘하게 돌변했다.

그리고 그곳엔 방금 전까지 눈을 빛내며 웃고 있던 소년은 없었다.

소년의 입이 천천히 열렸다.

"……어떻게 알았지?"

놀랍게도 방금 전까지 맑았던 소년의 목소리는 온데간데 없고 탁하고 소름 돋는 음성이 흘러나왔다.

소년을 바라보며 단엽이 여유 있는 얼굴로 답했다.

"구린내가 나거든. 너희 같은 놈들한테서는."

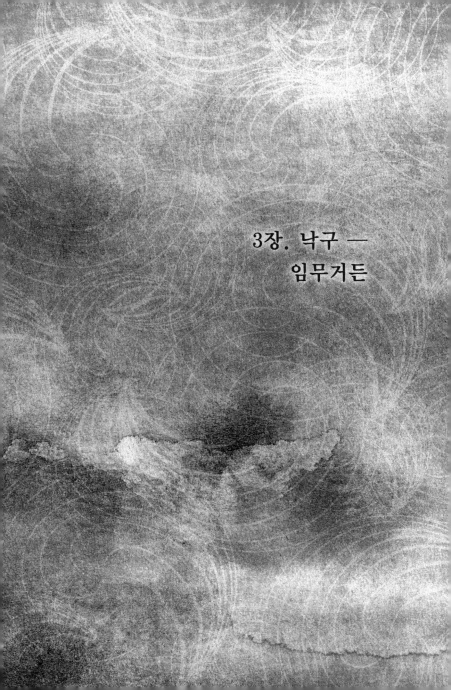

3장. 낙구 —
임무거든

"……뭐? 구린내?"

조롱 섞인 단엽의 말투에 소년의 얼굴을 한 사내가 미간을 일그러트렸다. 사실 사내는 지금 무척이나 기분이 좋지 못했다.

누군가가 쫓는다는 사실은 진작 알아차렸다.

그래서 모르는 척하며 상대인 단엽에게 다가가는 것까지 성공했다.

순진무구한 어린아이의 흉내를 내며 거리를 좁혔고, 그대로 양휴를 부축하는 순간 뒤편에서 검으로 심장을 꿰뚫어 버리려 했다.

그거면 충분할 상황이라 여겼고, 상대를 겉모습에 속는 머저리라 생각하던 중이었다.

그런데…… 속은 건 오히려 자신이었다.

정체가 들통난 것만으로도 화가 치밀었거늘 그걸로 모자라 자신을 도발하는 상대의 언사는 그의 자존심마저 건드렸다.

소년의 외모를 하고 있었지만 단엽의 말대로 사내는 겉보기보다 훨씬 나이가 많았다.

이 사내의 정체는 일격살(一擊殺) 낙구(洛龜), 한때는 살수로 활동했던 자다.

단 한 번의 공격으로 사람을 죽인다 하여 붙여진 일격살이라는 별호, 그건 바로 이같이 소년의 모습을 한 덕분에 가능했다.

어릴 적에 희귀한 병을 앓으면서 성장이 멈춰 버렸고, 그 때문에 이처럼 자그마한 체구로 평생을 살아왔다. 그리고 낙구는 오히려 그걸 이용했다.

아무리 살얼음판 위를 살아가는 무인이라고 해도 대부분이 어린아이 앞에서는 방심을 하기 마련이다.

뛰어난 무공 실력을 지닌 그에게 간격을 준 이들의 결과는 하나같이 똑같았다.

죽음.

그렇게 어린아이인 척 상대를 방심하게 해서 죽인 이들의 숫자만 수백 명에 육박하는 살인귀가 바로 낙구였다.

어차피 정체가 들통난 이상 더는 살기를 감출 이유가 없었다.

낙구가 가볍게 손을 움직이자, 널브러져 있던 양휴의 옆에 있던 검이 그에게 날아들었다.

타악.

언제 연결했는지 검에는 얇은 실이 묶여 있었고, 덕분에 가벼운 손짓 하나로 순식간에 낙구의 손아귀로 빨려 들어온 것이다.

마주한 채로 서 있는 단엽을 노려보던 그의 손이 천천히 움직였다.

스르릉.

검이 뽑혀 나오며 서슬 퍼런 빛을 쏟아 냈다.

낙구가 말했다.

"제법이군. 내 정체를 먼저 알아낸 녀석은 한 명도 없었는데. 하지만 그렇다고 해서 뭐가 달라질까?"

반대편 손에 들고 있던 검집을 옆으로 휙 집어던진 낙구가 말을 이었다.

"……네놈이 나한테 죽는다는 사실은 변하지 않을 터인데."

"까불고 있네. 네깟 놈이 날?"

타앙!

순식간에 권갑을 손에 채운 단엽이 픽 비웃음을 흘렸다.

사실 소년의 모습을 한 낙구가 적화신루의 조사단을 몰살시킨 자라는 건 이미 객잔에서 어느 정도 확신하고 있었다.

낙구의 정체를 금방 알아낼 수 있었던 건 천무진과 백아린이 나눈 대화를 옆에서 주워들었던 덕분이다.

아래에서 위로 찌르고 들어왔다는 검상에 대한 이야기.

전부 심장을 관통했고, 나머지 큰 흔적은 없는 걸 보면 단 일격에 상대를 제압했다는 소리다.

아무리 강한 무인이라고 해도 죽기 전 조금의 반항 정도는 할 수 있었을 터인데 그것조차 불가능했다는 건 방심을 했다는 소리였다.

상대를 방심하게 만드는 자일 것이라는 추측.

거기에 아래에서 위로 찔러 들어온 검상을 통해 상대가 독특한 검법을 쓰거나 그것이 아니면 무척이나 작은 체구를 지닌 자일 거라 짐작하고 있었다.

그런 상황에서 소년의 모습을 한 그가 나타났다.

술잔을 기울이고 있던 단엽은 꿈틀했다.

그 모든 조건에 맞는 상대였으니까.

거기다 옷으로 몸을 감추고 있긴 했지만, 슬쩍 드러나는 신체는 제법 단련이 되어 보였다. 그러면서 검 하나 못 들고 쩔쩔매는 모습이 결정적으로 확신을 하게 만들었다.

마주 선 두 사람 사이에 묘한 분위기가 흘렀다.

먼저 그 분위기를 깨부수며 공격을 시작한 건 낙구였다. 그가 검을 들지 않은 손을 갑자기 움직인 것이다.

그리고 그 손에는 아까 전 검을 회수할 때 사용했던 얇은 실이 남아 있었다.

자연스레 멀찍이 던져 놨던 검집이 갑자기 단엽을 향해 날아들었다.

파악.

옆에서 치고 들어오는 검집을 단엽이 힐끔 바라봤다.

단엽은 날아드는 쪽의 손을 들어 올려 얼굴을 보호했다.

파앙!

검집과 권갑이 부닥치는 그 순간 득달같이 낙구가 달려들고 있었다.

부웅, 붕.

검이 재빠르게 전신을 벨 듯이 휘둘러졌다.

단엽이 발을 한 보 앞으로 내디디며 손을 움직였다.

"어딜."

날아드는 검을 권갑으로 쳐 내는 것과 동시에 반대편 손이 막 튕겨 나간 검집을 움켜잡았다.

빠각.

검집이 단번에 산산조각이 나며 터져 나갔다.

그의 주먹이 앞에 있는 낙구를 향해 빠르게 날아들었다.

생각보다 너무나 유연한 대처에 막힌 검을 회수하며 재차 공격을 퍼부으려던 낙구가 당황해서 옆으로 몸을 비틀었다.

아슬아슬하게 피해 냈다 생각하는 순간 단엽이 땅을 강하게 밟으며 팔꿈치로 옆을 치고 들어갔다.

주먹이 비껴가는 것과 동시에 곧바로 방향을 트는 공격은 날카로웠다.

"큭!"

보통 사람이었다면 옆구리에 닿았겠지만, 낙구는 체구가 워낙 작았던 탓에 얼굴로 날아드는 공격이 되어 버렸다. 가까스로 손을 들어 올려 막아 내긴 했지만, 그 충격으로 머리가 흔들렸다.

비틀하는 그 순간 낙구의 시야 속에 무엇인가가 스치듯 지나갔다.

단엽의 주먹이었다.

뻐엉!

피해 보려 했지만 이미 주먹이 복부에 틀어박혔다. 낙구의 몸이 그대로 허공으로 치솟으며 뒤편으로 쭉 날아가 나무에 처박혔다.

쿠웅.

제법 두꺼운 나무였지만 낙구와 충돌한 나무는 그대로 기둥이 부러져 쓰러져 버렸다.

간신히 두 발로 버티고 서 있는 낙구였지만 얼굴은 잔뜩 일그러진 상태. 숨이 쉬어지지 않을 정도의 고통이 밀려들었다.

고통을 참기 위해 꽉 다문 이 사이로 피가 질질 흘러내렸다.

호리호리한 체구에 어울리지 않는 말도 안 될 정도의 힘.

낙구는 이가 갈렸다.

뿌드득.

"감히……!"

분노한 듯 눈을 부라리는 낙구를 향해 단엽이 들어오라는 듯 손을 까닥이며 말했다.

"어이, 너랑 싸우려고 얼마나 멀리서 왔는데. 벌써 끝나면 이쪽이 섭섭하지. 어서 덤벼."

"이곳에 나타난 걸 후회하게 될 거다, 애송이."

"됐으니까 덤비라고."

비웃음이 명백한 미소를 보며 낙구가 울컥하고는 달려들었다.

일격을 당하며 상당히 떨어졌던 거리가 순식간에 좁혀졌다.

그의 손에 들린 검이 매섭게 회전했다.

하지만 중요한 건 검이 아닌 발이었다.

회전하는 검으로 시선을 잡아끌었지만 정작 지금 공격의 핵심은 변화무쌍한 보법에 있었다.

위로 치고 들어오려던 검이 발걸음에 따라 갑자기 방향을 비틀었다.

카앙!

권갑으로 가볍게 받아 내는 순간 검이 위로 솟구쳤다.

목젖을 노리고 치솟는 검, 그리고 단엽의 반대편 주먹이 빠르게 아래로 향했다.

검을 밀어내는 것과 동시에 단엽과 낙구의 몸이 맞닿을 정도로 가까워졌다.

바로 그 찰나.

낙구의 소매 속에서 비수 한 자루가 흘러내리며 그의 손아귀에 착 감겼다.

상체를 이용해 그런 미묘한 움직임을 숨긴 낙구는 지척까지 다가온 단엽의 배를 향해 비수를 찔러 넣었다.

비수의 끝이 아슬아슬하게 단엽의 배에 닿은 그 순간이었다.

꽈악.

단엽의 남은 손이 배에 틀어박히려는 비수의 날을 움켜잡았다.

새끼손톱 반 정도의 깊이로 틀어박힌 탓에 조금 피가 배어 나오긴 했지만…….

그 상태에서 아무리 힘을 줘도 더는 깊게 파고들지 못하는 비수에 인상을 쓰던 낙구의 눈에 놀라운 광경이 펼쳐졌다.

단엽이 움켜쥔 비수를 뭉개 버리고 있었다.

으드드득.

쇠로 된 비수가 뭉개졌고, 서둘러 그는 단엽의 거리에서 빠져나오려 했다.

그렇지만 이미 늦었다.

비수를 쥐지 않은 손이 빠져나가려는 낙구의 멱살을 움켜잡았다.

단엽은 곧바로 낙구의 몸을 땅바닥에서 한 자가량 들어 올렸다.

덕분에 키 차이가 심했던 두 사람의 시선이 마주할 수 있었다.

눈이 마주한 그 상태에서 낙구는 재빠르게 망가진 비수를 놓았다. 그리고는 이내 소매 속에 감춰져 있던 또 하나의 비수를 꺼내어 들었다.

손목을 찌르고 빠져나가려는 것이다.

허나 이번에도 단엽이 빨랐다.

시선을 마주한 그 상태에서 단엽의 입이 속삭이듯 중얼거렸다.

"열화폭뢰(熱火爆雷)."

중얼거림과 함께 손바닥에서 폭발이 일었다.

퍼엉!

불꽃이 확 하고 이는 듯싶더니 그것은 이내 큰 충격으로 변해 낙구에게 밀려들었다.

멱살을 잡힌 상황이었기에 낙구는 그 공격을 피할 수가 없었다.

잡혔던 옷이 터져 나가는 것과 동시에 그의 몸 또한 폭발에 휘말리며 뒤편으로 날아가 버렸다.

가슴팍에 생긴 상처에서 분수처럼 솟구친 피가 주변의 땅을 적셨다.

새카맣게 변해 버린 가슴팍은 보기 흉할 정도로 망가져 있었다.

바닥에 엎드린 채로 고통 어린 숨을 몰아쉬던 낙구가 고개를 치켜들었다.

그 자리에 선 채로 자신을 내려다보는 단엽의 모습에 낙구의 머리는 복잡했다.

상대의 겉모습을 보며 자신의 승리를 확신하고 있었다.

저토록 젊은 나이의 무인 중에는 자신을 위협할 만한 고수가 몇 없다 확신했으니까.

하지만 결과는 너무도 달랐다.

압도적이다.

자신과는 비교도 할 수 없는 무공을 지닌 상대라는 걸 알아 버렸다.

그랬기에 더 믿을 수가 없었다.

자신을 이길 수 있는 젊은 무인은 있다손 쳐도 이토록 손쉽게 상대할 이가 있다는 사실이.

'네놈은…… 누구냐.'

저 나이 대의 인물 중 대체 누가 이 정도의 파괴력을 지닐 수 있단 말인가. 머리를 굴려 봤지만, 딱히 떠오르는 사람이 없었다.

……단 한 명을 제외하고는.

하지만 그럴 리가 없었다.

자신이 생각하는 그자가 이곳에 나타난다는 건 말이 되지 않았다. 그가 자신을 막을 이유는 전혀 없었으니까.

허나 상대를 바라보는 낙구의 머릿속에는 그 하나의 이름만이 맴돌았다.

결국 말도 안 된다 생각을 하면서도 낙구가 떨리는 목소리로 물었다.

"……대홍련 부련주 단엽?"

물어 오는 질문에 주먹을 꽉 쥐고 있던 단엽이 피식 웃으며 답했다.

"실력은 볼품없는데 눈썰미는 제법이네."

대답을 듣는 순간 낙구의 안색이 창백하게 변했다.

……최악이었다.

사파 최고의 재능을 가진 이로 손꼽히는 젊은 고수.

그의 무공은 이미 중원을 뒤흔드는 최고수들을 일컫는 우내이십일성(宇內二十一星)의 아성에 다다르고 있었으니까.

낙구가 믿을 수 없다는 듯 말했다.

"그쪽이 단엽이라고? 그럼 대체 왜 대홍련의 부련주가 날 막는 거지?"

"음, 그냥 네가 재수가 없었다고 생각해. 내 주인이라는 작자한테 네가 찍혔거든."

"주인? 대홍련 련주를 말하는 건가?"

"그것까진 알 거 없고."

일일이 설명을 해 줄 생각이 없다는 듯 단엽이 말을 잘랐다. 그리고는 이내 엎어져 있는 그를 향해 말을 이었다.

"언제까지 엎어져 있을 거야. 못 싸우겠으면 순순히 항

복이라도 하든지. 싸움을 포기한 녀석하고 굳이 싸울 생각
은 없거든."

"……큭큭. 항복?"

낙구가 재미있다는 듯 웃었다.

사실 싸울 생각은 상대의 정체를 아는 순간 버렸다. 일격
살이라 불리던 자신이지만 상대는 단엽이다. 애초에 몸을
감춘 채로 기회를 엿보다 암습을 해도 승산이 없는 상대라
는 소리다.

그런 그와 더 싸운다 해서 달라질 건 없었다.

무인의 자존심을 앞세우며 죽을 때까지 싸울 수도 있다.

하지만 그랬다가는 자신의 임무를 완수하지 못할 것이
다.

낙구의 시선이 멀리 나무에 기댄 채로 잠들어 있는 양휴
에게로 향했다.

자신의 임무는 양휴의 관리였다.

그리고 지금처럼 뭔가 일이 벌어진 상황이라면…….

낙구가 피투성이가 된 얼굴로 씨익 웃었다.

"웃기는 소리."

말과 함께 그의 얼굴이 갑자기 새카맣게 변했다. 그리고
그걸 보는 순간 단엽이 한 손을 들어 올리며 입을 열었다.

"미친 자식아, 그만두지?"

"이게 내 임무거든. 양휴를 감시해라. 그리고 만약 나에게 무슨 일이 생기거든…… 양휴와 함께 죽어라."

얼굴이 새카매지는 것과 동시에 낙구의 몸이 부풀어 오르고 있었다.

그리고 단엽은 지금 낙구가 무슨 짓을 벌이려는지 너무도 잘 알았다.

자폭이다.

스스로의 몸을 폭발시켜 저 멀리에 있는 양휴를 죽이려고 하는 것이다.

그 순간 낙구의 몸에서 조금씩 새하얀 빛이 흘러나왔다.

'젠장!'

더는 망설일 틈이 없었다.

단엽은 곧바로 양휴가 있는 방향을 향해 몸을 날렸다.

그리고 거의 동시에 빛에 휩싸이던 낙구의 몸이 터져 나갔다.

파앙!

터져 나가는 신체의 일부가 날카로운 암기가 되어 폭발과 함께 주변을 뒤덮었다. 그리고 목표하고 있는 양휴를 향해 그 많은 것들이 집중되어 쏟아져 나갔다.

파라락!

옷깃을 휘날리며 날아든 단엽이 주먹을 위로 들어 올리

더니 곧바로 땅을 향해 내리쳤다.

쿠웅.

묵직한 소리와 함께 하늘을 향해 흙과 돌들이 치솟아 올랐다.

동시에 휘몰아친 권풍이 날아드는 폭발과 충돌했다.

스스로의 목숨까지 내던지며 펼친 마지막 공격은 생각보다 강했다. 주변의 많은 것들이 뒤집어질 듯 흔들렸다.

하늘로 치솟았던 흙과 돌들이 이내 땅으로 떨어져 내렸고. 조용해진 그곳에는 얼굴을 가린 채로 서 있는 단엽이 있었다.

그리고 그 뒤편에는 세상모르고 잠들어 있는 양휴가 자리한 채였다.

비록 한나절도 안 돼서 쫓겨났다고는 해도 무림맹에 들어가기까지 했던 무인인 그다. 그런 양휴가 이런 소란에도 일어나지 않는 건 단순히 취기 때문이 아니었다.

객잔을 나와 이곳까지 부축되어 걷던 와중에 낙구가 혈도를 점혈해서 아예 깊은 잠에 빠지게 만들어 둔 탓이다.

혹시나 뭔가 이상함을 느낀 양휴가 눈을 뜨는 걸 원치 않아서다.

그 때문에 양휴는 연달아 터져 나오는 소란도 모른 채 깊은 잠에만 빠져 있었다.

이내 천천히 손을 내린 단엽이 뒤편으로 힐끔 고개를 돌렸다.

흙먼지를 뒤집어쓰며 엉망이 된 자신의 노고는 전혀 알지 못한 채 코까지 골고 있는 그를 보자니 이상하게 짜증이 치밀었다.

단엽이 중얼거렸다.

"망할 새끼."

＊　　＊　　＊

잠룡대(潛龍隊).

정파를 대표하는 후기지수들만이 모여 있는 무림맹 내의 단체다.

당연히 그곳에는 수많은 문파의 재능 있는 젊은이들이 소속되어 있었다.

구파일방이나 오대세가 같이 정도 무림을 대표하는 세력들의 인물들도 있었지만, 그 외 중소문파의 재능 있는 이들 또한 즐비한 곳이었다.

사공세가(司空世家)의 사공량(司空梁).

그 또한 뛰어난 재능으로 잠룡대에 들어온 사내였다. 사공량의 가문인 사공세가는 그리 크지 않았지만, 나름 오랜

역사를 지닌 명문가였다.

사공세가 가주의 아들로 형들에 비해 뛰어난 재능을 인정받아 어릴 때부터 가문의 사랑을 독차지했던 탓인지 사공량은 안하무인의 성격으로 자랄 수밖에 없었다.

주변의 모든 이들이 자신을 치켜세웠고, 엄청난 재능이라는 칭찬을 귀에 달고 자랐으니까. 그 때문에 그는 주변 사람들을 무시했고, 자신만이 최고라는 생각에 젖어 살아왔다.

허나 그런 그의 오만함은 이곳 무림맹에 온 이후 깨질 수밖에 없었다.

자신이 우물 안 개구리였다는 사실을 알아 버렸으니까.

무림맹에 온 이후 만난 많은 이들이 자신보다 가문도 뛰어났고, 무공에 대한 자질 또한 앞섰다.

이곳에서 자신은 최고가 아닌 그저 조금 뛰어난 수준의 자질을 지녔을 뿐이다.

물론 잠룡대에 들어갔다는 것만으로도 충분히 자랑거리일 수 있었지만 어릴 적부터 콧대가 높았던 그로서는 만족할 수 없는 생활이었다.

허나 그는 바보가 아니었다.

짜증은 났지만, 자신보다 뛰어난 이들을 적으로 만드는 우는 범하지 않았다.

적당한 선에서 맞춰 가며 사공량은 이곳 잠룡대에 녹아들고 있었다.

임무를 위해 다른 동료들과 약 오십 일 가까이 무림맹을 비웠던 그가 마침내 임무를 마치고 복귀를 했다.

"고생들 했어."

함께 움직였던 동료들을 향해 짧은 인사를 던지며 미소를 지어 보인 사공량은 이내 짐을 정리하겠다며 본인의 방으로 돌아갔다.

나름 훈훈한 외모에 사람 좋은 태도를 보여 댄 덕분에 잠룡대 내의 평판은 그리 나쁘지 않은 사공량이다.

모두의 앞에서는 고생했다며 환한 미소를 지어 보였던 그가 자신의 거처로 돌아가기 무섭게 돌변했다.

침상 옆으로 짐을 휙 집어 던진 사공량이 짜증스레 중얼거렸다.

"이딴 임무에 왜 내가 나가야 되는 거야? 무시하는 방법도 가지가지군."

잠룡대가 움직였다는 건 나름 무림맹의 입장에서도 중요한 뭔가와 관련된 임무였지만, 막상 그걸 수행한 사공량에겐 하찮은 잡일에 불과했다.

더군다나 이번에 함께 움직인 이들이 잠룡대에서 손꼽히는 이들이 아니었다는 사실이 더 불만이었다.

그런 이들을 빼고 계획된 일에 자신이 포함되었다는 것.

그것이 결정적으로 사공량을 짜증 나게 만드는 요소였다. 마치 자신이 그런 어중이떠중이들에 낀 것 같아서.

잠룡대에서도 손꼽히는 몇몇 후기지수들을 떠올리며 사공량은 침상에 털썩 걸터앉았다.

그가 옆에 놓여 있던 주전자에 담긴 물을 벌컥벌컥 들이켰다.

사공량은 길게 숨을 들이쉬었다.

'네놈들이 왜 최고인지 알아? 좋은 가문과 문파가 있기 때문이야. 운도 좋은 놈들. 그리고 애초부터 내 가문이 미천하니, 공평한 기회조차 오지 않는 게지. 만약 내가 그곳에 소속되어져 있었다면 네놈들은 내 발끝에도 못 미쳤어.'

어느 순간부터 그는 자신의 모자람을 이처럼 다른 뭔가에 전가하고 있었다.

자신의 가문에는 훌륭한 무공이 없다거나, 다른 이들의 배경이 너무나 튼튼하다는 등의 그런 변명거리들이었다.

사공량은 항상 자신을 둘러싼 모든 것이 불공평하다 생각했다.

자그마한 가문이다 보니 주목도 받지 못하고, 똑같은 성과를 내도 무시를 당한다 여겼다.

그랬기에 만약 이 모든 것이 반대였다면 위에 있을 건 자신이라며 스스로에게 항상 되뇌었다.

자신이 최고라 여겼고, 항상 주목을 받으며 살아왔던 사공량.

그런 그에게 이런 평범한 삶은 너무나 무료했고, 적응이 되지 않았다.

이 년이 넘게 감정을 숨긴 채로 지내 오고 있긴 하지만 아직까지도 뭔가에서 최고가 되고 싶고, 주목받고 싶다는 욕심은 전혀 사그라지지 않은 상태였다.

아니, 오히려 내리눌러야 했던 시간만큼 그 감정은 더욱 커져만 갔다.

속이 타는지 주전자에 담긴 물을 다시금 들이켜고 있는 그때였다.

방 바깥에서 익숙한 목소리가 들려왔다.

"아직도 정리 다 안 됐냐? 식사하러 가자고."

목소리의 주인공은 마찬가지로 잠룡대 소속인 유상기라는 사내였다.

비슷한 가문에, 비슷한 위치에 있는 자.

이 정도면 함께해도 무시를 당하지 않겠거니 하며 지기인 척 지내는 인물이었다.

침상에서 벌떡 일어나며 사공량이 답했다.

"아, 잠시만. 바로 나가지."

대답을 끝낸 그는 슬쩍 옆에 있는 거울을 통해 옷매무새를 단정하게 하고 곧바로 방 바깥으로 걸어 나갔다.

밖에 서 있던 유상기가 그런 그에게 장난스럽게 말했다.

"왜 이렇게 늦냐, 인마."

친근한 척 구는 상대가 여타의 유명 문파 인물이었다면 더 좋겠다는 생각을 하면서도 사공량은 웃음 가득한 얼굴로 말을 받았다.

"성격은 급해 가지고. 그렇게 배가 고프냐?"

"그래. 당장에라도 배가 등가죽에 붙을 지경이다."

말과 함께 유상기가 가자는 듯 손짓했다.

그렇게 두 사람은 식사를 하기 위해 걸음을 옮기며 두런두런 대화를 나눴다.

"오십 일 만에 돌아왔다고 왜 이렇게 새롭냐."

"그래? 난 잘 모르겠는데."

여전히 웃으며 대답을 하고 있긴 했지만, 사공량은 사실 모든 것에 짜증이 나 있는 상태였다.

마음 같아서는 식사고 뭐고 들어가서 한숨 자고 싶을 뿐이었지만, 평소 연기하는 자신의 모습을 위해 억지로 맞춰 주고 있는 상황이다.

식사를 하기 위해 걸음을 옮기던 그때, 옆쪽에서 눈에 익은 이들과 함께 나아가는 한 여인의 모습이 보였다.

나름 무림맹 내에서 알아주는 젊은 사내들과 함께 움직이고 있는 여인의 정체는 다름 아닌 백아린이었다.

그녀는 이미 무림맹 내에서 나름 유명인이 되어 있었지만, 한동안 자리를 비웠던 사공량에겐 생면부지의 인물이었다.

그리고 백아린의 모습을 확인하는 순간 사공량의 심드렁한 감정이 확 하고 돌변했다.

갑자기 발걸음을 멈춘 그 때문에 유상기 또한 제자리에 섰다. 몸을 돌린 그가 물었다.

"왜 그래?"

유상기의 질문에도 그저 멍하니 멀어져 가는 백아린을 바라보기만 하던 사공량이 자신도 모르게 중얼거렸다.

"……찾았다."

"찾다니? 뭘?"

유상기가 되물었지만, 그의 질문 따위는 사공량의 안중에도 없었다.

지금 그의 머릿속에 모두의 주목을 받으며 자신의 실력을 드러낼 방법이 떠올랐으니까.

무림에서 주목을 받는 방법은 몇 가지가 있다.

뛰어난 가문이나 실력, 그리고 미녀다.

애초에 가문은 그다지 빼어나지 않았고, 실력을 보여 주기 위해서는 자신에게도 공정한 기회가 와야 한다고 여겼던 사공량이다.

그런 그의 앞에 백아린이 나타났다.

저 여인만 있다면 자신이라는 존재가 두각을 드러내게 될 것이고, 그렇다면 공정하게 실력을 평가받을 수 있게 될 거라 믿었다.

더군다나 지금 백아린에게 쏠리는 저 시선들을 자신도 함께 받게 될 거라 생각하니 이상할 정도로 짜릿함이 느껴졌다.

그가 눈에 활기를 띤 채로 옆에서 걱정스레 서 있는 유상기를 향해 고개를 돌렸다.

"상기야."

"무슨 일 있냐? 갑자기 왜 그래?"

의아한 얼굴로 물어 오는 그의 질문에는 아랑곳하지 않고 사공량은 자신의 욕망을 드러냈다.

"……너 나 좀 도와줘야겠다."

*　　　*　　　*

창고에서 정체를 알 수 없는 돌을 찾아내 의뢰를 맡긴 천무진은 그날 이후로 부관주 여청을 감시하기 시작했다.

그에 대한 정보 또한 적화신루에 의뢰하긴 했지만 맹 내부에서의 움직임은 자신이 직접 살피는 것이 낫다는 판단에서였다.

여청의 하루 일과는 단순했다.

무림맹 홍천관에 들어와서는 자신의 집무실에 틀어박혀 대부분의 시간을 보낸다.

그리고 업무 외 시간에는 바깥에서 무림맹 소속의 무인들과 술을 마시거나 하는 일들이 꽤나 잦다고 들었다.

뭔가 그에게 바짝 붙어 정보를 캐내고 싶었지만, 일개 말단으로 들어간 천무진에게 그건 불가능했다.

양휴를 잡으러 간 단엽이 돌아올 동안 계속해서 감시를 하고 있기는 하지만 이것만으로 뭔가를 알아내기엔 어려운 상황이었다.

고민이 길어지는 사이 그의 거처로 백아린과 한천이 모습을 드러냈다.

아직까지 장원을 관리할 사람이 오지 않았기에 매번 식사는 바깥에서 사 와 해결하곤 했다. 그리고 오늘도 마찬가지로 그들은 객잔에서 음식을 사서 돌아오는 길이었다.

그녀가 천무진을 발견하고는 말했다.

"오늘은 있었네요?"

삼 일 동안 여청의 뒤를 쫓는다며 이 시간엔 항상 장원을 비웠던 천무진이다. 그 때문에 빈방에 사 놓은 음식을 놓고만 갈 뿐이었는데, 오늘은 천무진과 마주할 수 있었다.

백아린의 말에 천무진이 답답하다는 듯 대답했다.

"또 주루에 들어가서 온종일 술만 마시고 있더군. 동행한 이들도 많은 자리고, 딱히 뭐 없을 것 같아서 우선 돌아왔어."

여청의 뒤를 캐고는 있었지만 사실 천무진 혼자서 감당하기엔 해야 할 일이 너무도 많았다.

여청도 문제였지만, 당시 그가 들어섰던 그 창고 또한 감시해야 하는 상황.

몸이 하나인 천무진이 두 개의 일을 동시에 할 수는 없는 노릇이었다.

그리고 여청에게는 조금 더 바짝 옆에 붙어 감시를 할 수 있는 누군가가 필요했다.

천무진은 그런 자신의 속내를 밝혔다.

"난 창고 쪽에 조금 더 집중하고 싶은데 여청에게 붙일 만한 사람이 무림맹 내에 누구 없겠어?"

"붙일 만한 사람이라……."

잠시 말을 끌긴 했지만, 고민은 길지 않았다.

백아린의 시선이 어느새 자리에 앉아 사 가지고 온 음식들을 풀고 있는 한천에게로 향했다.

"부총관이 하면 되겠네."

화살이 자신에게로 향하자 막 젓가락을 들던 그가 화들짝 놀라며 자신을 가리켰다.

"엑? 제가요?"

"나이도 좀 맞고, 무림맹 내에서 직급도 그나마 비슷하잖아. 그리고 술을 좋아한다는데 굳이 다른 사람 찾을 필요 없이 딱 부총관이 적임자 아냐?"

말단으로 들어간 천무진, 백아린과는 달리 나이 덕분에 한천은 조금 더 위의 직책을 부여받았다. 때문에 한천은 홍천관의 부관주인 여청과 어느 정도 맞는 위치에 있었다.

백아린의 말이 틀리지 않다는 걸 알기에 한천은 대답을 흐렸다.

"아니 뭐 맞는 말씀이긴 한데……."

"왜 갑자기 빼고 그래. 술 마시는 일이라면 환장을 하잖아."

"어휴, 그냥 좋아서 마시는 거랑 뭔가 캐내려고 마시는 게 같겠습니까. 술은 그냥 딱 즐기면서 마셔야 제맛인데."

"그래서 못 하겠다고? 요새 다른 사람한테 일거리 다 맡겨 두고 술만 마시고 다니는 게 누구더라?"

슬쩍 말꼬리를 올리는 백아린의 모습에 소스라치게 놀란

한천이 손사래를 쳐 댔다.

"그럴 리가요. 해야죠. 다른 분들도 다 바쁘게 뭔가 하시는데 저만 놀 순 없지요. 하하."

한천은 곧바로 천무진을 바라보며 말을 이었다.

"내일 곧바로 그자한테 접근해 보죠."

"어딘지 모르게 음흉한 부분이 있는 자야. 접근하는 데 신경을 좀 써야 할 거야."

"그거야 걱정 마시죠. 반 시진 안에 홀딱 제 사람으로 만들어 둘 테니까요."

웃으며 말하는 한천의 목소리에는 자신감이 넘쳤다.

무림맹에 들어간 지 얼마 되지도 않아 많은 사람들과 어울려 다니는 그의 친화력은 분명 보통이 아니긴 했다.

사 온 음식을 먹을 준비를 끝마친 한천이 말했다.

"자자, 이야기는 나중에 하시고 우선 식사부터 하시죠."

세 사람이 막 식사를 시작한 그 무렵 장원의 입구로 누군가가 들어서고 있었다.

성큼 안으로 들어선 그가 목소리를 높였다.

"계십니까?"

처음 듣는 목소리에 백아린과 한천이 서로의 얼굴을 바라보는 그때 천무진이 덤덤하게 말을 받았다.

"걱정하지 마. 내가 아는 사람이니까."

말을 마친 천무진이 옆에 있는 창문을 확 열어젖혔다.

바깥쪽으로 향한 천무진의 시선에는 한 명의 노인이 자리하고 있었다. 그리고 노인 또한 천무진을 발견하고는 사람 좋은 미소를 지어 보였다.

그가 멀리에서 인사를 건네며 말했다.

"작은 주인님을 뵙습니다."

노인의 정체는 다름 아닌 천룡성의 하나뿐인 가솔, 남윤이었다. 천룡성의 본거지를 지키고 있던 남윤이 천무진의 부름을 받고 이곳 사천 성도에 도착한 것이다.

남윤을 처음 보는 백아린이 조심스레 물었다.

"저분은 누구시죠?"

천무진을 향해 작은 주인님이라고 말하는 걸 보아하니 천룡성과 관계된 자라는 건 알겠는데, 그런 사람이 갑작스레 이곳에 나타난 이유가 궁금했다.

그녀의 질문에 천무진이 답했다.

"일전에 말했잖아. 이곳을 관리해 줄 사람이 올 거라고."

"아, 그럼 저분이⋯⋯."

그제야 백아린과 한천은 남윤이 이곳에 찾아온 이유를 알 수 있었다.

천무진이 슬쩍 앞에 놓인 음식들을 바라봤다.

한동안 비슷한 음식들로 배를 채우다 보니 조금씩 질려 가던 상황이었다. 그러던 차에 도착한 남윤을 보니 무척이나 반가웠다.

천무진이 남윤을 맞이하러 방을 나서며 말했다.

"이제 객잔에서 음식을 사 오지 않아도 돼. 음식 실력이 보통이 아니거든."

말을 끝내고 바깥으로 나간 천무진이 입구 쪽으로 다가갔고, 마찬가지로 남윤 또한 그를 향해 걸음을 옮겼다.

그렇게 두 사람이 마주하는 순간.

천무진이 입을 열었다.

"오느라 고생했어, 영감."

4장. 실타래 —
있거든요

천룡성 가솔인 남윤의 등장으로 성도 거점은 빠르게 정리되어 갔다. 모자랐던 물건들이 채워지며, 고작 하루 만에 완전히 다른 곳이 되었다는 생각이 들 정도로 변했다.

내실이 다져지고, 덩달아 역할까지 분담되며 바깥일 또한 보다 확실하게 진행되기 시작했다.

정체불명의 돌이 나온 창고와 낮 시간 동안의 부관주 여청을 감시하는 것이 천무진의 몫, 그리고 그 외의 시간 동안 여청을 감시하는 일은 한천이 맡았다.

역할이 정해지기 무섭게 한천은 여청과 안면을 트는 것에 성공했다.

특유의 친화력으로 주변 사람들을 이용해 여청과의 자리를 만들어 냈고, 단 하루 만에 그와의 술자리까지 성사시켰다.

그들이 그리 각자의 일을 해 나가는 동안 백아린 또한 그냥 놀고 있지만은 않았다. 마찬가지로 무림맹에 들어간 그녀는 안팎으로 도움을 주기 위해 애썼다.

같은 말단이라고는 하지만 천무진보다 훨씬 더 중요한 부대로 들어간 그녀는 무림맹 내부의 전체적인 정보들을 얻어 내고 있었다.

양휴가 쫓겨났을 당시 무림맹에서 벌어졌던 자잘한 사건들을 정리하고 혹시 모를 파벌이 연관되어 있는 건 아닌지도 확인했다.

그리고 적화신루의 총관으로서 여러 가지 업무를 보며 천무진에게 필요한 정보들을 구해 오는 것 또한 그녀의 몫이었다.

어찌 보면 가장 많은 일을 하는 그녀다 보니, 백아린은 요새 눈코 뜰 새 없이 바빴다.

허나 그토록 바쁜 일정에도 백아린은 죽는소리 한 번 하지 않았다.

오히려 보다 착실하고 꼼꼼하게 일을 파악하며 뭐 하나 빼놓지 않으려 애썼다.

아주 자그마한 뭔가에서 큰 단서를 찾을 수도 있다 여겼으니까.

그런 그녀에게 최근 신경 쓰이는 일이 하나 생겼다. 다름아닌 뒤편에 있는 저 사내였다.

'뭐 하는 건지 모르겠네.'

백아린은 슬쩍 기척을 감추고 자신의 뒤를 쫓는 사내를 확인했다.

그자의 정체는 다름 아닌 사공량이었다.

백아린의 미모에 혹해, 또 그녀를 이용해 다시금 사람들 앞에 특별한 존재로 나서고 싶은 마음에 그가 딴에는 비밀리에 그녀의 뒤를 쫓고 있던 것이다.

허나 아쉽게도 사공량의 비밀스러운 미행은 들통이 난지 한참은 된 상태였다.

나름 재능이 있는 무인이긴 했지만 백아린과의 차이는 너무도 심했고, 당연히 따라붙은 직후 거의 곧바로 들킬 수밖에 없었다.

백아린의 입장에서는 오히려 모르는 것이 이상할 수밖에 없는 상대.

그랬기에 그녀는 더욱 상대의 의도를 가늠할 수 없었다.

처음엔 누군가가 자신에게 감시자를 붙인 건가 생각했지만 그런 의심은 금방 사그라졌다.

감시자라고 보기에는 그 실력이 너무도 형편없었으니까.

본인은 들통나지 않게 잘 쫓는다고 여기는 듯싶었지만 모르기가 어려울 정도로 미숙했다.

이틀째 계속해서 자신의 뒤를 쫓아다니는 상대의 신분은 이미 알고 있었다.

혹시나 하는 생각에 어제 곧바로 적화신루의 정보를 이용해 확인한 덕분이다.

단 하루만으로 끝났다면 그냥 그러려니 하고 넘기려 했는데…….

'어떻게 해야 하나.'

걷는 와중에도 백아린의 고민은 길어졌다.

직접 다가가 왜 자꾸 쫓아다니냐며 면박을 줄까도 생각해 봤지만, 상대의 의도를 모르는 지금 이쪽에서 먼저 아는 척을 하고 싶지는 않았다.

오히려 모르는 척 그가 자신의 꿍꿍이를 드러내길 바라는 것이 맞았다.

다만 문제는 그의 미행이 무림맹 내에서만 벌어지는 게 아니라는 거다.

차라리 그거뿐이었다면 계속 모르는 척할 수 있었겠지만, 바깥으로 나간 이후에도 계속 뒤를 쫓으니 상황이 달라졌다.

천룡성의 비밀 거점이든 적화신루에 관해서든 백아린은 감춰야 할 것이 많았으니까.

그 때문에 어제도 골목길로 들어서 일부러 사공량이 아슬아슬하게 자신을 놓쳤다 생각이 들게 연기까지 했었다.

허나 어제처럼 계속해서 상대를 떼어 놓는다면 그도 바보가 아닌 이상 뭔가 이상하다 여길 건 자명한 사실.

그렇다고 해서 힘으로 제압하기도 뭐한 상황이었기에 백아린의 고민은 깊어질 수밖에 없었다.

백아린은 갑자기 길을 틀어 무림맹 내에 조용히 차를 마실 수 있는 다관에 들어섰다.

자꾸 옆에 붙어 다니던 일행들도 떨어트리고, 혼자만의 시간을 가지는 척 연기를 하기 시작한 것이다. 차라리 상대가 접근하기 편한 상황을 만들기 위해서였다.

예상대로 입구 근처에서 서성이던 사공량이 이내 조심스레 다관 안으로 들어섰다.

그의 움직임을 다 알면서도 백아린은 그쪽에는 시선조차 주지 않고 주문한 차를 홀짝였다.

백아린의 바로 뒤편으로 다가온 사공량이 자리에 앉았다.

그리고는 이내 목소리를 가다듬으며 괜스레 혼잣말을 중얼거렸다.

"흠흠, 뭐가 괜찮을까."

마치 들으라는 듯한 목소리, 그리고 말과 함께 슬쩍 그녀 쪽으로 몸을 비트는 움직임 또한 느껴졌다. 그걸 알면서도 백아린은 모르는 척 자세를 유지했다.

물론 그 와중에서도 혹시 모를 상황에 대비하고는 있었지만.

사공량이 갑자기 입을 열었다.

"향기가 좋습니다."

"……네?"

백아린은 자신에게 말을 걸어오는 사공량의 행동에 괜히 놀라는 척하며 고개를 돌렸다.

'좋아, 물었어.'

허나 그런 겉모습과 달리 속으론 쾌재를 불렀다.

바로 뒤편에 자리하고 있었기에 둘은 꽤나 가까운 거리였다.

그리고 백아린과 지척에서 마주한 순간 사공량은 자신도 모르게 꿀꺽 침을 삼켰다.

멀리서 보았을 때에도 느꼈지만 가까이서 보게 되니 그녀의 아름다움이 더욱 크게 와 닿았다.

커다란 눈동자와 오밀조밀한 이목구비는 절로 말문이 막히게 만들 정도였다.

사공량이 잠시 멍하니 백아린을 바라보고 있는 그때 그녀가 물었다.

"저한테 하신 말씀인가요?"

"아, 예. 차향이 좋아서 말을 걸었습니다. 혹 실례가 아니라면 어떤 차인지 여쭈어봐도 될는지요?"

화들짝 정신을 차린 사공량이 준비해 두었던 말을 내뱉었다.

그런 그의 질문에 백아린이 고개를 갸웃하며 말했다.

"감로차(甘露茶)예요. 그냥 어디서나 있는 평범한 감로차 냄새 같은데……."

"흠흠, 여기 감로차 한 잔 주시오."

수작질을 부린다는 게 들통날까 염려되었는지 그가 서둘러 감로차를 주문했다. 그리고 이내 감로차가 그의 앞에 놓였을 때였다.

따뜻한 찻물을 한 모금 마신 사공량이 다시금 말을 걸었다.

"백아린 소저시지요?"

"저를 아시나요?"

여태까지 뒤를 쫓아다녔으니 모를 리 없다는 걸 알면서도 백아린은 의외라는 표정을 지어 보였다. 그런 그녀의 모습을 보며 사공량이 웃음 가득한 얼굴로 말을 받았다.

"그럼요. 사실 먼발치에서 뵌 적이 있었습니다."

"아…… 그러셨군요."

백아린은 재차 이어질 말을 기다렸다.

사실 그에게 궁금한 건 왜 자신을 몰래 쫓아다녔는가 하는 것뿐이다.

괜한 말들로 이야기를 길게 끌어가기보다는 서둘러 본론을 꺼내길 바라는 상황.

그 후에도 몇 차례고 사공량은 비슷한 식으로 말을 걸었지만, 백아린은 대화를 이어 가기 힘들게 대답을 짧게 끊었다.

그렇게 계속해서 말이 끊기자 더는 이야기를 이어 가기 어렵게 되었다 여겼는지 사공량은 결국 뜸을 들이며 기회를 엿보던 속내를 드러낼 수밖에 없었다.

사공량이 갑자기 부끄러운 표정을 지어 보이자 그 모습을 보고 있던 백아린이 슬쩍 표정을 찡그렸다.

'갑자기 왜 이래?'

그녀는 자신도 모르게 슬쩍 몸을 한 뼘 정도 뒤로 물렸다.

"이런 말씀 드려 정말 송구한데 처음 뵈었을 때 정말 깜짝 놀랐습니다."

"왜요?"

뭔가 이상한 낌새를 느끼며 백아린이 찻물을 입에 머금었다.

그 순간 그가 말했다.

"제가 찾던 그런 분이시라서요."

그 말을 듣는 순간 백아린은 입에 머금은 찻물을 뱉어 낼 뻔했다.

그녀가 황급히 찻물을 삼키고는 떨떠름한 표정을 지어 보이는 그때였다.

"괜찮으시다면 이제부터 서로를 알아 갔으면 하는데요. 아 참, 전 수상한 사람이 아닙니다. 잠룡대 소속의 사공……."

그나마 내세울 만한 잠룡대를 언급하는 그때 이야기를 듣고 있던 백아린이 자리에서 벌떡 일어났다.

혹시 모를 뭔가를 기대하며 이야기를 듣고 있었던 것인데, 그 이유가 자신에 대한 관심이라면 더는 시간을 낭비할 이유가 없었다.

그녀가 딱 잘라 말했다.

"죄송하지만 그쪽한테 그런 시간을 드리는 건 좀 힘들 것 같아요."

"……거절하시는 겁니까?"

"네, 호의는 감사하지만 받아들이지는 못하겠네요."

말을 마친 백아린이 포권을 취하고는 곧바로 몸을 돌렸다.

그렇게 막 걸음을 옮기려는 그때 앉아 있던 사공량이 황급히 일어나며 말했다.

"이유를 여쭈어도 되겠습니까? 그냥 이대로 포기하고 싶지는 않습니다."

끈덕질 것만 같은 사공량의 모습에 백아린은 속으로 한숨을 내쉬었다. 마음 같아서는 이곳에서 한껏 두들겨 패 주고 관심을 끊으라고 협박이라도 하고 싶었지만······.

백아린은 천천히 고개를 돌려 사공량을 바라봤다.

비밀리에 해야 할 일이 많은 지금, 이런 이유로 쓸데없이 미행을 당하고 싶지는 않았다.

치근덕거리는 사내를 끊기에 가장 좋은 방법을 떠올린 그녀가 확실한 목소리로 말했다.

"있거든요."

"뭐가 말입니까?"

"좋아하는 사람이 있다고요."

백아린의 말에 사공량의 눈동자가 커졌다. 그리고는 이내 아쉽다는 듯이 중얼거렸다.

"······그러시군요."

안타깝다는 듯한 말투. 하지만 사공량 또한 이번 만남이 그리 쉽게 되지 않을 확률이 크다는 건 알고 있었다.

'치잇, 역시 쉽지 않네. 결국 다른 수를 쓰는 수밖에 없겠군.'

하지만 이 같은 일을 대비해 이미 다음 수를 생각해 둔 상황.

속으론 짜증이 치밀었지만 그래도 겉으론 최대한 성인군자답게 행동해야만 했다.

자리에서 일어난 사공량이 예를 갖추며 인사를 건넸다.

"알겠습니다. 아쉽지만 무례를 끼치고 싶지는 않으니까요. 그럼 다음에 또 인사드리겠습니다."

"네, 그럼."

인사를 마치고 백아린은 곧바로 다관을 빠져나갔다. 백아린이 사라지는 그 순간, 여전히 자리에 선 채로 혹시나 그녀가 자신을 돌아볼까 웃음 가득한 얼굴로 끝까지 서 있던 사공량의 표정이 빠르게 변했다.

그가 백아린이 사라진 입구를 바라보며 이죽거렸다.

'잘난 척은.'

속이 뒤틀렸는지 사공량은 옆에 있는 감로차를 들이켰다. 허나 이내 그는 머금었던 감로차를 바닥으로 내뱉었다.

"퉤, 더럽게 맛없네."

사공량은 소매로 입가를 닦아 내며 괜스레 불만을 토해 냈다.

다소 짜증이 일긴 했지만…….

그가 곧 입가에 미소를 머금은 채로 중얼거렸다.

"지금 아무리 그래 봤자지. 결국 넌 내가 원하는 대로 내 것이 될 거야. 난 절대 기회를 놓치는 사내가 아니거든."

말을 내뱉는 사공량의 눈동자가 탐욕으로 번뜩였다.

*   *   *

밤늦게까지 무림맹에서 창고를 감시하던 천무진이 백아 린의 연락에 서둘러 움직이고 있었다.

그녀와 함께 급히 장원으로 돌아온 건 단엽 때문이었다.

그토록 기다렸던 그가 돌아왔다.

당연히 마음이 급해졌다.

벌컥.

열린 문 너머에는 단엽이 자리하고 있었다. 그는 자리에 앉아 식사를 하는 중이었다.

입 안 가득 음식을 머금고 있던 단엽이 손을 들어 올리며 말했다.

"어이, 주인. 내가 자리를 비운 사이에 좋은 식솔을 구해 놨네? 음식 맛이 아주 훌륭해."

남윤이 차려 준 음식들이 꽤나 마음에 들었는지, 단엽은 만족스러운 표정을 지어 보였다.

그렇지만 그런 단엽의 말에는 반응하지 않은 채로 천무진이 물었다.

"왜 혼자야? 갔던 일이 잘 안 된 건 아니겠지?"

"그럴 리가."

히죽 웃어 보인 그가 손가락으로 창 바깥을 가리켰다.

바로 옆에 있는 건물을 향해 손가락질하며 단엽이 말을 이었다.

"주인이 원하는 건 저기 가져다 놨어."

"……고생했어."

"고생은 뭐. 오히려 생각보다 시시해서 문제였지. 그나저나 그쪽한테는 조금 미안하네. 부탁한 대로 시체를 전달해 주긴 했는데 형체가 많이 망가져 버려서 정체를 알아낼수 있을지 모르겠어."

단엽이 천무진과 함께 들어온 백아린을 향해 말했다.

떠나기 전 그녀가 자신에게 했던 부탁 때문이다. 정체를 알아내기 위해 시체를 적화신루에 넘겨 달라 했는데, 자폭을 하는 바람에 상태가 온전치 못했다.

백아린이 물었다.

"정말로 형체를 알아보기 힘들 정도로 때려죽인 거야?"

"내가 한 게 아니라 그놈이 자폭을 하더라고."

"……자폭?"

"응, 나 말고 내가 데리러 간 놈이랑 같이 동귀어진을 하려고 한 것 같던데…… 그 자식 보통 놈은 아닌 것 같더라."

아무리 잘 훈련된 자라고 해도 죽음 앞에서 그토록 망설임 없이 행동하는 건 쉬운 일이 아니다.

당시의 상황을 보지는 못했지만, 이야기를 전해 들은 천무진과 백아린은 얼추 어떤 일이 벌어졌을지 이해할 수 있었다.

그리고 그만한 자가 감시를 하고 있던 양휴에 대한 의구심 또한 더더욱 커졌다.

그렇지만 이제 그 의아함에 대해 고민만 하고 있을 이유가 사라졌다.

옆에 서 있던 백아린이 천무진을 향해 말했다.

"갈까요?"

"당연하지."

얼마나 오래 기다려 온 일이던가.

말을 마친 천무진이 백아린과 함께 단엽이 가리켰던 건물을 향해 걸음을 옮겼다. 둘이 도착한 건물의 문이 열렸고, 그 안에는 한 사내가 방 한쪽에 처박혀 있었다.

점혈을 당한 탓에 두 눈만 부릅뜬 채로 미동도 하지 못하고 있는 사내.

양휴, 바로 그였다.

입구에 선 채로 방 안에 쓰러져 있는 양휴를 바라보는 천무진의 표정은 복잡했다.

과거의 삶에서 자신이 죽였던 상대.

……그런 그가 지금 눈앞에 있었다.

＊　　　＊　　　＊

정체불명 그녀의 부탁으로 처음 죽였던 상대를 마주하고 있자니 천무진은 과거로 돌아왔다는 사실이 다시금 실감났다.

죽은 자를 다시 마주한다는 건 절대 할 수 없는 경험이었으니까.

천무진이 나지막이 그의 이름을 읊조렸다.

"양휴……."

점혈을 당해 말조차 하지 못하는 양휴는 자신의 이름을 부르는 천무진을 두려운 시선으로 바라보고 있었다.

단엽이 대충 던져 놓은 탓에 양휴는 방구석에 처박혀 있었고, 그와의 대화가 필요했던 천무진이 걸음을 옮겼다.

손가락 하나 옴짝달싹 못 하는 그를 번쩍 들어 의자에 앉힌 천무진이 손가락으로 점혈된 혈도를 가볍게 눌렀다.

그가 길게 숨을 내쉬었다.

"파아!"

숨을 쉬는 것도 조금 어려웠는지 거칠게 숨을 몰아쉬던 양휴는 이내 자리에서 서둘러 일어나려 했다. 하지만 그건 그의 바람에 불과할 수밖에 없었다.

자리를 박차고 일어나려는 양휴의 어깨를 천무진이 내리 누른 탓이다.

꾸욱.

그리 큰 힘을 준 것 같지 않았거늘 양휴는 꼼짝도 못 한 채로 고개를 치켜들었다.

처음 보는 상대에, 나이도 젊어 보였지만 왠지 모를 위험 한 분위기가 풀풀 풍겨져 나왔다. 사실 양휴로서는 지금 이 모든 일들이 마른하늘의 날벼락처럼 느껴질 수밖에 없었다.

아는 이들과 술을 마시고 눈을 떴는데 자신은 납치가 되었고, 며칠을 달려 도착한 곳에서 이제야 처음으로 혈도가 풀린 상황이었으니까.

그가 물었다.

"여, 여긴 어디요? 그리고 당신은 대체 누구요?"

"그건 알 거 없고. 묻는 것에 대답이나 해. 다시 죽이고 싶지는 않으니까."

"그게 무슨…… 아악!"

꽉!

다시 죽인다는 말에 의아한 듯 중얼거리는 양휴의 어깨를 천무진이 보다 강하게 움켜쥐었고, 그는 저절로 비명을 토해 냈다.

아직은 알 수 없지만 양휴 또한 자신을 조종했던 그자들과 연관이 있을지도 모르는 상황, 좋게 이야기로 풀어 나갈 생각은 없었다.

천무진이 차가운 목소리로 말했다.

"못 들었어? 지금 난 너한테 기회를 주려는 거야. 그리고 네 녀석을 죽일 이유가 없다면 살려 주겠다 말하는 거고."

"아, 아프니까 이 손은 좀 놓고⋯⋯!"

아직까지 풀리지 않은 힘 때문에 양휴는 새하얗게 질린 얼굴로 고통을 호소했다.

천무진은 어깨를 잡은 손의 힘을 아주 천천히 풀면서 재차 경고했다.

"다시 한번 말하지. 질문은 내가, 대답은 당신이. 되묻지 말고 숨기려고 하지도 마. 만약 하나라도 뭔가 수를 쓴다는 생각이 들면 그때는 겨우 이 정도 고통으로 안 끝나."

천무진이 슬쩍 백아린이 있는 쪽을 바라보자, 양휴의 시선 또한 그녀에게로 향했다.

자연스레 백아린의 등 뒤에 걸려 있는 대검이 눈에 들어왔다.

너무도 압도적인 외향이었기에 절로 눈이 갈 수밖에 없었다.

천무진이 피식 웃더니 대검을 가리키며 말했다.

"저 무기 보여? 한 방 맞으면 뼈가 으스러지는 정도로안 끝나. 그러니 얕은 수작질 했다가는 저 여자가 당신을 곤죽이 되게 두드려 팰 거야. 생긴 거랑 다르게 좀 많이 무서운 여자거든."

자신을 향한 예상치 못한 말들에 백아린은 기가 막혔다.

하지만 지금은 천무진의 조력자로 나선 상황, 그의 말에 힘을 실어 주기 위해 백아린은 등 뒤에 달린 대검을 뽑아 돌렸다.

부웅, 붕!

머리털이 삐쭉 설 정도로 소름 돋는 굉음을 토해 내던 대검을 그녀가 가볍게 어깨에 걸쳐 멨다.

그리고는 웃는 얼굴로 말했다.

"아, 한마디 돕자면 제가 힘 조절을 잘 못 하거든요. 혹시나 저한테 넘어오게 되면 제가 좀 미안해질 것 같은데 가능하면 그쪽에서 좋게 끝내는 걸로 마무리 짓죠?"

웃고 있는 두 남녀를 보며 양휴는 절로 식은땀이 줄줄 흘러내렸다.

살다 살다 이런 협박은 처음이었다.

양휴 또한 이런 곳에서 죽고 싶지는 않았기에 서둘러 고개를 끄덕였다.

"아, 아는 대로 말하겠소."

"좋아. 그럼 시작하지."

천무진이 의자를 끌고 와 그의 맞은편에 놓고는 자리에 걸터앉았다.

그리고 그런 천무진의 뒤편으로 다가온 백아린은 여전히 대검을 어깨에 걸친 채로 양휴를 바라보고 있었다.

절로 주눅이 든 상황에서 천무진의 질문이 시작됐다.

"무림맹에 들어간 적이 있지?"

"그, 그렇소. 하루도 못 버티긴 했지만 무림맹에 들어간 적이 있었소."

"그런데 왜 나갔지? 상식적으로 이해가 안 되잖아. 다른 곳도 아닌 무림맹이라면 가장 욕심이 날 수밖에 없는 자리인데 말이야."

"당신 말대로 내 발로 나갔을 리가 없잖소. 나간 게 아니라 쫓겨났소."

"왜?"

"그게……."

말을 잇지 못한 채로 가만히 있던 양휴가 눈치를 살피다 이내 입을 열었다.

"모르겠소."

대답을 듣는 순간 천무진이 눈꼬리를 확 추켜올렸고, 뒤편에서 듣고 있던 백아린도 성큼 한 걸음 앞으로 다가갔다.

백아린의 어깨에 올라가 있던 대검이 꿈틀하는 걸 보는 순간 양휴가 화들짝 놀라며 손사래를 쳤다.

"지, 진짜요! 진짜 아무것도 모르오!"

억울하다는 듯 소리치는 그를 향해 천무진이 짜증 난다는 목소리로 말했다.

"솔직히 말하겠다더니 처음부터 수작질이네. 팔 한쪽을 아작 내고 이야기를 재개해야 좀 솔직해질 거야?"

소름 돋는 경고와 뒤편에서 그 커다란 대검을 아무렇지 않게 까닥거리는 백아린의 모습에 양휴의 얼굴색이 더욱 창백해졌다.

그가 서둘러 말했다.

"거짓말이 아니라 갑자기 그만두라 한 거라 난 정말 아무것도 모른단 말이오. 나도 꿈에 그리던 무림맹에 들어갔다가 곧바로 쫓겨나는 바람에 얼마나 당황했는지 모르오."

"그러니까 말이 안 되잖아. 무림맹에 들어가는 데에는

절차가 있는데, 그리 힘들게 사람을 들인 곳에서 아무런 이유도 없이 널 쫓아낼 리가 없잖아."

"아이 씨, 미치겠네. 정말! 나도 억울해 죽겠단 말이오!"

자신의 머리카락을 양손으로 움켜쥔 채 그가 머리를 마구 흔들어 댔다.

정말로 억울하다는 듯 머리카락을 마구 헝클어트리는 양휴의 모습을 보던 천무진이 슬쩍 백아린에게 전음을 날렸다.

『어떻게 생각해?』

『인정하고 싶진 않지만…… 거짓말을 하는 것 같지는 않은데요.』

『그쪽이 봐도 그렇지?』

『네, 보니까 꽤나 자기 목숨을 아끼는 사람 같은데 굳이 의심스러운 뭔가가 있다면 감출 것 같지 않아요. 물론 이런 짐작으로만 판단해서는 안 되겠지만요.』

이런 상황에 의심할 수 있는 경우의 수는 크게 두 가지.

하나는 자신들을 완벽히 속일 정도로 뛰어난 자라는 거다.

심계가 깊고, 충성심이 강해 목숨을 버리면서라도 비밀을 지키려는 자.

하지만 이건 가능성이 그리 높지 않았다.

이번 생뿐만이 아니라 전생에서 만났던 기억도 있었으니까.

양휴는 그리 용맹한 사내가 아니었고, 저번 생에서 죽음을 목전에 뒀을 때도 살려 달라고 빌 정도로 본인의 목숨에 연연했었다.

목숨을 걸면서까지 비밀을 지키려 드는 건 아닐 확률이 크다는 소리였다.

그렇다면 두 번째 경우의 수로 의심할 수밖에 없다.

……정말 모르는 상황.

허나 그렇다면 굳이 사람을 붙여서 감시를 하고, 무림맹에서도 쫓아냈을 이유가 없다.

그렇다면 여기서 또 하나의 경우의 수가 나온다.

바로 본인이 보고도 그것이 의심스럽다 여기지 못하는 경우.

그랬기에 천무진은 질문의 방향을 바꿨다.

"쫓겨난 이유가 뭐라던데?"

"능력 부족이라고 했소. 젠장, 말하고 나니 더 기가 막히네. 뭐라도 보여 줄 시간이나 줬었냐고."

투덜거리는 양휴의 말에는 아랑곳하지 않고 천무진은 질문을 이었다.

"홍천관으로 배정되었다고 들었는데, 거기서 무슨 특별

한 일 없었어? 뭔가 들었다거나 본 거 없었냐고. 뭐라도 좋으니 생각나는 거 있으면 말해 봐."

"뭐 별거 있겠소. 그냥 간단하게 호구 조사나 하고 쓸데없는 잡담이나 좀 나눴소이다. 뭐 얼마 있지 못해서 본 사람도 거의 없소."

"그러니까 그 대화들이 뭐였냐고."

"별로 중요한 말들이 아니라 기억이 나는 게 딱히 없소."

한나절 만에 쫓겨났으니 홍천관의 사람들 중 얼굴을 본 이도 손으로 꼽을 정도로 적다.

해 줄 말이 없다고 말하는 양휴의 모습에 천무진이 표정을 찡그리며 입을 열었다.

"없으면 다야? 그냥 그렇게 대충대충 말해 가지고 지금 여기서 살아 나갈 수 있을 거라 생각해?"

"하, 하지만 생각나는 것이 없는데……."

"그래? 그럼 생각나게 해 줄게."

좋게 말해선 안 되겠다 생각했는지 천무진이 그가 움직이지 못하도록 허벅지를 강하게 움켜잡았고, 기다렸다는 듯 백아린이 대검을 치켜들었다.

천무진에게 눌리는 허벅지에서도 고통이 밀려들었지만, 그보다 시선을 잡아 끄는 건 역시나 대검이었다. 너무도 압도적인 외향에 절로 목소리가 터져 나왔다.

"드, 들어가자마자 신고식이라면서 선배인 척하는 놈들이 옥박질러 댔소. 다행히 내 이름과 신분을 듣고는 곧바로 사과를 했었던 것이 얼핏 기억나오."

"좋아, 계속해."

천무진이 허벅지를 움켜쥔 손을 풀었고, 양휴는 계속해서 자신이 나눴던 대화들을 최대한 기억해 내며 상황을 설명했다.

이야기를 들으며 천무진은 그저 작게 고개를 끄덕였다.

신고식부터 해서 그가 말하는 일련의 과정들은 자신이 경험한 것과 크게 다르지 않았다.

완전 말단의 신분으로 들어간 자신과는 달리 양휴는 그래도 나름 등에 업을 정도의 이름과 가문이 있었던 덕분에 크게 무시를 당하지는 않았던 듯싶었다.

그렇게 간단하게 호구 조사만을 마친 채로 곧바로 관주에게 신고를 했다고 했다.

양휴가 말을 이어 나갔다.

"그때까지만 해도 분위기는 나쁘지 않았소. 홍천관 관주는 나에게 환영한다 웃으며 말하기도 했고, 앞으로 잘해 보자는 덕담 어린 이야기들도 해 줬소."

"그리고?"

"……그다음엔 식사를 했소. 음 그 이후엔……."

뭔가를 생각해 내려는 듯 머리를 쥐어짰지만, 양휴의 표정은 점점 좋지 않게 변했다.

그도 그럴 것이 그가 무림맹에서 겪었던 건 이것이 전부였기 때문이다.

관주에게 신고를 했고, 곧바로 밖에 나가 식사를 했다. 그리고 이내 홍천관으로 돌아오기 무섭게 무림맹에서 나가라는 퇴출을 명받았다.

더는 이야기해 줄 것이 없었지만, 이 안에서 눈앞의 사람들이 만족할 만한 뭔가가 나오지 않았다는 사실은 본인인 양휴조차 잘 알았다.

고민하는 그를 바라보던 백아린이 물었다.

"혹시 식사를 하던 도중에 뭔가 의심스러운 대화는 없었어요?"

"그럴 건 전혀 없었소. 무림맹 내부에서 식사를 하기엔 아는 사람도 없고 불편해서 일부러 바깥에 나가 혼자 밥을 먹었거든."

양휴의 말대로라면 오히려 이후의 이야기들 중에는 의심할 부분이 없었다.

그런데 막 백아린의 질문에 대한 답을 끝내던 양휴가 뭔가를 퍼뜩 떠올렸다.

사실 별다른 생각이 없었던 일이지만 자신도 모르게 입

밖으로 말이 흘러 나갔다.

"아, 맞다. 식사를 하고 돌아오는 길에 관주를 봤소."

"바깥에서?"

"객잔 근처의 골목이었으니 바깥이었던 걸로 기억하오. 홍천관 관주의 이름이 금 뭐시기였는데 그 사람, 겉보기와 다르게 성격이 별로 안 좋더라고."

"듣기로 평판이 상당히 좋은 것 같던데."

금호를 이미 만나 본 적이 있었기에 천무진 또한 그에 대해 어느 정도 알고 있었다.

사람 좋아 보이는 미소와 배려 가득한 말투.

홍천관 무인들에게 절대적 지지를 받고 있는 자다.

알면서도 천무진은 모르는 척 입을 뗐고, 양휴는 곧바로 그에 답했다.

"그러니까 말이오. 나도 처음 인사를 할 때만 해도 그렇게 생각했거든. 근데 난 봤지. 그가 골목길에서 수하로 보이는 자의 뺨을 때리는 걸 말이오."

생각지도 못한 말에 천무진이 고개를 갸웃하며 물었다.

"뺨을 때려?"

"그렇소. 그것도 서너 대를 연달아 쳤소. 근데 지금 말을 하면서 생각해 보니 조금 이상한 부분이 하나 있는데 맞은 자도, 때린 자도 너무 평온해 보였소."

"평온하다니 그게 무슨 뜻이지?"

"보시오. 지금 당장에 그쪽이 날 때리면 내 기분이 어떻겠소. 기분이 불쾌할 수도, 아니면 살고 싶어서 오히려 나쁜 감정을 감춘 채로 억지웃음을 지을 수도 있지 않겠소? 반대로 때리는 쪽도 화를 내면서 손바닥을 휘두르거나, 아니면 울컥해서 때린 거면 그 이후에 조금이나마 미안해할 수도 있을 것 아니오. 뭔가 말이라도 하든지 말이오."

"그렇겠지."

"그런데…… 그런 게 없었다는 말이오. 때린 자도 그냥 때렸고, 맞은 자도 그냥 맞았다고 해야 하나. 뭐 하여튼 그런 이상한 분위기였소."

사실 금호가 누군가를 때렸다는 것이 큰 문제는 아니었다. 무슨 일이 있었는지 알 수 없으니까.

다만 양휴의 설명대로라면 상황상 분위기가 뭔가 묘했다.

그리고 평소 성인군자처럼 행동하는 금호가 그런 모습을 보였다는 사실 또한 그냥 가볍게 흘려들을 문제는 아닌 걸로 보였다.

지금까지 양휴가 기억해 낸 일들 중에 가장 의심스러운 상황이었으니까.

천무진이 물었다.

"그리고?"

급히 물어 오는 질문에 양휴가 담담하게 답했다.

"들켰소."

"관주에게 들켰다고?"

"들켜서 크게 한 소리를 들을 줄 알았는데, 날 확인하고는 별다른 말 없이 가라고 했소. 가능하면 식사는 무림맹 내에서 해결하라고 하면서 말이오. 그러고 나서 돌아간 지 얼마 안 돼 무림맹을 나가라는 통보를 받은 거요."

이야기를 끝까지 들은 천무진은 입술을 깨물었다.

뭔가 조금 이상하긴 했지만 그뿐이다.

의심을 이어 나갈 어떠한 것조차 찾을 수가 없었으니까.

아무런 것도 얻어 내지 못했다는 사실에 마음이 조급했는지, 천무진이 양휴를 재촉했다.

"더 생각나는 거 없어? 잘 생각해. 그 하나가 네 목숨을 살릴 수도 있으니까."

아는 걸 최대한 말한 상황에서 더 무엇을 기억해 내야 하나 싶었지만, 다행히도 양휴는 기억나는 또 하나가 있었다.

그가 재빠르게 말했다.

"그 뺨을 맞은 자, 홍천관 내부의 사람이었소."

"확실해?"

"그건 확실하오. 홍천관에 들어가서 본 몇 안 되는 사람 중 하나였거든. 그 사람 이름이…… 아! 손광일(孫廣逸)! 맞다 손광일이라는 자였소."

이름을 듣는 순간 천무진이 곧바로 백아린을 향해 시선을 돌렸다.

홍천관에 들어가 많은 이들의 정보를 알고 있는 천무진이다.

그런 그의 기억에 없는 이름이라면 이미 홍천관을 떠난 자라는 소리다.

한번 본 정보는 거의 모두 외우다시피 하는 뛰어난 머리를 지닌 백아린이었기에 그 이름 또한 기억하고 있었다.

그녀의 목소리가 떨려 왔다.

"그는…… 죽었어요."

＊　　　＊　　　＊

한천은 한껏 술에 취해 걷고 있었다.

백아린의 명령대로 부관주 여청과 늦게까지 술자리를 가졌고, 그 덕분에 속이 아플 정도로 많은 양의 술을 마셨다.

처음부터 단둘이 자리를 가졌다가는 자칫 의심을 받을 수 있었기에, 일부러 다른 이들까지 합석한 술자리.

열 명 가까운 인원이 참석한 자리였지만 그 와중에도 한천은 임무대로 여청과 어느 정도 친밀한 관계를 만드는 데 성공했다.

맹 내부에 있는 주루에서 술을 마신 탓에 한천은 아직도 무림맹에 자리하고 있었다.

그가 장원으로 돌아가기 위해 비틀거리는 걸음으로 이동하며 실실 웃었다.

'하하, 이렇게 노력하는 걸 우리 대장은 알려나 모르겠네.'

새벽이 다 되어 가는 상황이었기에 무림맹 내부는 낮과 달리 오고 가는 사람들이 거의 없었다. 게다가 점점 나아갈수록 그나마 보이던 이들의 모습 또한 거짓말처럼 사라졌다.

그렇게 취한 듯 비틀거리며 걷던 한천은 아주 멀리에서 모습을 드러낸 한 노인의 모습을 볼 수 있었다.

상대 또한 한천이 걷는 길 위로 걸음을 옮기고 있었는데, 그는 다름 아닌 무림맹주 추자후였다.

아무리 무림맹이라고 해도 맹주를 보는 건 쉬운 일이 아닌 상황.

한천은 비틀거리는 와중에서도 추자후를 확인하고는 서둘러 길옆으로 물러섰다.

그리고는 말없이 고개를 숙이고 지나가는 그에게 예를 갖추었다.

한천의 바로 앞을 지나쳐 가려는 바로 그때 추자후가 갑자기 발걸음을 멈췄다.

인적 하나 없는 장소.

추자후가 슬그머니 입을 열었다.

"며칠 전에 객잔에서 봤던 그 친구로군."

둘 사이에 선선하게 불어오는 밤바람, 한천이 슬쩍 고개를 들어 올리고는 영광스럽다는 듯 말했다.

"맹주님께서 소인을 어찌 기억하시고……."

"한천이라고 했던가?"

"예, 그렇습니다."

고개를 끄덕이는 한천을 바라보던 추자후가 슬쩍 웃으며 말을 받았다.

"한천이라…… 그 이름 잘 어울리는군, 조휘(趙輝)."

무림맹주 입에서 나온 조휘라는 이름을 듣는 순간 실실 웃고 있던 한천의 표정이 거짓말처럼 돌변했다.

술기운이 가득했던 얼굴은 무서울 정도로 진지해져 있었다.

그런 한천을 향해 추자후가 인사를 건넸다.

"잘 지냈는가, 대장군."

5장. 소개 —
누굽니까

　한천의 표정은 평소와 전혀 달랐다.

　무뚝뚝해 보이는 얼굴과 낮게 가라앉은 눈동자에는 세월의 무거움이 느껴졌다.

　적화신루의 일개 부총관 중 하나일 뿐인 한천.

　분명 적화신루의 부총관이라는 직책 또한 그리 우습게 여길 건 아니었다.

　허나 그것이 대장군이라는 지위 앞이라면 이야기는 달라진다.

　대장군은 황궁의 수십만이 넘는 병력을 움직이는 최고의 무장만이 지닐 수 있는 직책이었으니까.

그랬기에 말도 되지 않는 소리였다.

겨우 적화신루의 부총관으로 이름도 없이 살아오던 무명 소졸이 대장군이라니.

다른 사람이 들으면 절로 코웃음이 나올 말이었다.

그 순간 한천의 입이 열렸다.

"……언제부터 아셨습니까?"

그의 입에서 나온 말은 놀랍게도 부정이 아니었다. 지금이 같은 대답은 무림맹주인 추자후가 내뱉은 조휘라는 이름과 대장군이라는 직위가 사실이라는 걸 증명해 주는 것과 같았다.

한천을 향해 추자후가 말했다.

"아니라고 잡아떼면 어떻게 말을 이어야 하나 고민했거늘 이리 쉽게 대답을 들을 줄은 몰랐군그래."

"상대가 상대니까요."

눈앞에 있는 평범해 보이는 노인.

허나 이 사내가 누군지 알기에 한천은 굳이 잡아뗄 생각조차 하지 않았다. 정파 무림을 이끄는 무림맹주, 그런 그가 아무런 확신 없이 이 같은 이야기를 입에 올렸을 리가 없다.

덤덤하게 대답하는 한천을 바라보던 추자후는 이내 다시 입을 열었다.

"언제부터 알았냐고 했던가? 사실 처음 봤을 때부터 어딘가 낯이 익다 생각은 했네. 내가 사람 얼굴은 무척이나 잘 기억하는 편이거든. 그런데도 이상하게 기억이 나질 않더군."

잠시 숨을 고른 추자후는 곧 말을 이었다.

"노인네의 흔한 착각인가 싶어 그냥 잊을까도 생각해 봤는데 이상하게 자꾸 신경이 쓰였다네. 그래서 뜬눈으로 날을 지새우다 막 포기하려는 찰나…… 생각이 나더군. 오래전 스치듯이 본, 가면 속 자네의 얼굴이."

대장군 조휘.

황실 최고의 고수이자 그 영향력이 중원에까지 미쳤던 무인이다.

언제나 흑색 가면을 쓰고 다녀 심한 추남이라는 소문이 돌았던 인물.

대장군이라는 높은 직책에 있기까지 했던 그가 이토록 무림을 돌아다니고 있음에도 불구하고 전혀 소문이 나지 않은 이유는 바로 그 때문이었다.

가면을 쓰고 살아왔었으니까.

그의 진짜 얼굴을 본 이는 황궁에서도 한 손으로 꼽을 정도로 적었고, 추자후가 한천의 얼굴을 볼 수 있었던 것도 정말 우연이었다.

아주 오래전 비밀리에 황궁에 초대받아 황제의 앞에 나아갔던 그때 한천 또한 그곳에 있었으니까.

먼저 황제를 알현하고 있었던 그는 단둘만 자리한 상황 때문인지 항상 쓰고 있던 가면을 벗고 있던 상태였고, 그 덕분에 아주 잠시나마 추자후는 한천의 얼굴을 봤던 것이다.

물론 추자후가 나타나기 무섭게 황급히 가면을 쓴 탓에 얼굴을 본 건 눈 두어 번 깜빡거릴 정도로 짧은 순간이었지만 그 강렬했던 만남이 아직도 뇌리에 남아 있었다.

과거의 이야기가 나오자 한천 또한 그날의 만남을 기억해 냈다.

예상은 했었지만…….

"역시 그때 제 얼굴을 보셨군요."

"아주 잠깐이었네. 그런데도 불구하고 아주 강렬했지. 얼굴에 화상을 입었다느니, 괴물 같은 외향을 지녔다느니 등의 괴소문이 무성했던 대장군이 그토록 미남일 거라고는 상상도 못 했었거든."

과거의 만남을 기억하며 옅은 웃음을 보인 추자후가 이내 물었다.

"그런데 왜 자네가 여기에 있는가?"

"무슨 의도로 물으시는 겁니까?"

"말이 안 되지 않는가. 황궁의 대장군이었던 자네가 정보 단체의 중간직 정도로 살고 있다는 것이."

"저에 대해 궁금한 게 많으신가 봅니다."

"물론. 하지만 역시 제일 궁금한 건 이것이겠지."

사실 그날 한천의 정체를 기억해 낸 그 순간부터 가장 궁금했던 부분.

추자후가 천천히 말을 이었다.

"……어떻게 죽었다고 알려진 자네가 내 앞에 있을 수 있는지."

한천이 말없이 질문을 던지는 그를 응시했다.

추자후의 말대로였다.

대장군 조휘는 아주 오래전 죽은 걸로 알려져 있었다. 그리고 얼마 전 한천의 정체를 기억해 내기 전까지만 해도 추자후 또한 그리 생각하며 살았다.

무림에서 살아가고 있는데도 불구하고 누구도 한천이 대장군이었다는 것을 알아채지 못한 두 번째 이유는 바로 이것이었다.

죽었다고 알려졌으니까.

죽은 그를 굳이 황궁에서도 찾으려 하지 않았다.

가면과 죽었다는 소문, 그 두 가지 덕분에 한천은 이렇게 평범한 무인으로 무림에서 살아가는 게 가능했던 것이다.

추자후의 궁금증에 대해서는 일절 대답해 줄 생각이 없는 한천이었기에, 그는 답을 하는 대신 오히려 추자후에게 물었다.

"제가 살아 있다는 걸 알리실 생각입니까?"

"내가 어찌할 거라 생각하는가?"

"여전하시군요. 그 사람의 속을 떠보는 듯한 말투는."

대답을 하는 한천의 목소리에는 다소 짜증이 묻어 나왔다.

그리고는 곧바로 또 다른 질문을 던졌다.

"무림맹 내에 제 정체를 아는 자가 맹주님을 제외하고 또 있습니까?"

"왜? 죽이려고?"

"……농담이 과하시군요."

"허허, 과거의 자네였다면 이 말을 농담으로 듣지 않았을 터인데 많이 변했군그래."

"맹주님."

나지막이 자신을 부르는 한천의 목소리에 결국 추자후가 진지하게 답했다.

"나쁜일세."

"그럼 하나만 부탁해도 되겠습니까?"

"부탁이라…… 해 보게나."

"눈을 감으실 때까지 저에 대한 일을 비밀로 해 주실 수 없으시겠습니까?"

진지한 말투.

한천을 잠시 바라보던 추자후가 이내 머리를 긁적이며 말을 받았다.

"그건…… 확신하지 못하겠군."

"확신하지 못하겠다는 건 무슨 의미십니까?"

"자네도 이미 어림짐작하고 있었겠지만 난 대장군 조휘에 대해 떠들고 다닐 생각이 일절 없네. 도움을 받았던 적도 있고, 그 은혜를 원수로 갚을 생각은 전혀 없으니까. 다만."

지금 한천에게 말하는 대로 추자후는 그에 대한 정보를 주변인들에게조차 말할 생각이 없었다.

그리고 만약 한천의 정체에 대해 소문을 낼 생각이 있었다면 애초에 이렇게 직접 그를 만나러 오지도 않았을 게다.

주변에 수하 한 명조차 대동하지 않았던 것 또한 그러한 이유에서였다.

우연을 가장하고 있지만, 지금의 만남은 한천을 보기 위해 직접 그의 동태를 확인하고서 비밀리에 움직인 것.

허나 그렇다고 해서 확실하게 약속을 해 줄 수는 없었다.

추자후에겐 책임져야 할 것이 있었으니까.

그랬기에 그가 말을 이어 자신의 속내를 드러냈다.

"난 무림맹주일세. 만약 자네가 우리 맹에 해가 된다는 생각이 든다면 그때는…… 미안하지만 결국 난 맹을 위한 결정을 해야 한다네. 이건 이해해 주겠지?"

추자후의 솔직한 말에 한천은 고개를 끄덕였다.

황궁의 대장군으로 수많은 이들의 삶을 책임져야만 했던 한천이다.

그랬기에 알고 있다.

때론 그들을 지키기 위해 어쩔 수 없는 선택을 해야 한다는 것을.

끄덕이는 한천을 보며 한결 마음이 편해진 추자후가 이내 그를 향해 물었다.

"전부터 신경 쓰였는데 그 오른팔 다친 겐가?"

겉보기엔 멀쩡했지만 추자후 정도 되는 무인이 그 작은 이질감을 느끼지 못했을 리가 없다.

서 있는 자세 하나만으로도 많은 걸 알 수 있는 그였다.

그의 질문에 한천이 대답했다.

"그렇게 됐습니다. 생활하는 데 불편함은 없으니 그걸로 만족합니다."

별일 아니라는 듯 말했지만, 얘길 들은 추자후의 얼굴에는 안타까운 감정이 가득했다. 그가 얼마나 뛰어난 실력자였는지를 잘 알았으니까.

"무인에게 팔은 생명과 같거늘 어쩌다가."

상대인 추자후가 오히려 안쓰러워했지만, 막상 당사자인 한천은 무덤덤하게 자신의 오른팔을 어루만지며 말했다.

"……괜찮습니다. 그 가면을 벗는 대가가 고작 이 오른팔 하나라면 충분히 이득이니까요."

타인으로서는 의미를 정확하게 가늠하기 힘든 이야기. 하지만 괜찮다는 그 한 마디면 됐다. 추자후 또한 더는 그것에 대해 물을 생각이 없었다.

그를 위해 이곳에 왔고, 대화를 나눴다.

무림맹주로서 어떻게든 비밀리에 움직이긴 했지만 이제 슬슬 돌아갈 시간이 된 듯싶었다.

무림맹의 수장이지만, 우습게도 가장 많은 적이 있는 곳 또한 이곳이었으니까.

잠시 주변에 아무도 다니지 못하게 길을 막아 뒀지만, 그 또한 길면 꼬리가 잡힐 게다.

추자후가 작별 인사를 건넸다.

"이만 가야겠군. 자네도 가던 길 가게."

"알겠습니다. 그럼."

포권을 취해 보인 한천이 곧바로 추자후의 옆을 지나쳐 몇 걸음 정도 더 나아갔을 때였다.

추자후가 뒤편으로 나아가는 한천을 향해 말했다.

"언젠가 다시 보세. 조휘."

자신을 조휘라 부르는 추자후를 향해 한천이 휙 고개를 돌렸다.

그리고 그곳에는 아까까지 진지했던 표정은 온데간데없이 웃음기 가득한 눈을 하고 있는 한 사내가 자리하고 있을 뿐이었다.

한천이 웃는 얼굴로 말을 받았다.

"제 이름은 한천입니다, 맹주님."

피식.

그 한 마디에 추자후는 웃음을 흘렸다.

그리고 이내 고개를 끄덕이며 답했다.

"벌써 노망이 들었는지 상대방 이름을 깜빡깜빡하는군 그래. 조심히 가게…… 한천."

말을 마치고 추자후 또한 자신이 가야 할 길로 발걸음을 돌렸다.

서로에게서 점점 멀어져 가는 두 사내의 등 뒤로 시원한 바람 한 줄기가 맴돌았다.

＊　　＊　　＊

양휴를 심문하며 얻게 된 새로운 정보들.

어쩌면 그건 그리 별거 아닌 것으로 보일 수도 있었다.

이미 적화신루를 통해 홍천관에서 나간 이들 중 일부가 죽기도 했다는 사실을 전해 들었으니까.

무인이다 보면 죽음은 언제나 가까이 있을 수밖에 없었다.

허나 뭔가 정황이 이상했다.

홍천관의 관주인 금호에게 연달아 뺨을 맞으면서 전혀 감정적으로 동요하지 않았다는 사실부터, 얼마 되지 않은 죽은 이들 중 바로 그자가 있다는 사실까지.

다른 이라면 죽었다는 사실에 더욱 큰 의구심을 가질 수도 있겠지만, 천무진은 달랐다.

감정적으로 동요하지 않았다는 것.

그것이 더 이상했다.

왜냐하면 자신 또한 비슷한 경험을 했기 때문이다.

육체를 지배당했던 과거의 삶, 그랬기에 뭔가 그 부분이 조금 더 미심쩍게 다가올 수밖에 없었다.

거기에 몇 가지 의문들이 더 따라붙었다.

우선은 금호에 대한 의심.

그리고 만약 정말로 금호가 천무진이 찾는 그들과 모종의 연관이 있는 자라면 대체 왜 양휴를 죽이지 않고 쫓아냈는지도 의아했다.

그렇게 살려서 보내 놓고 왜 먼 미래에는 자신을 통해 양휴를 죽이게 만들었던 걸까?

　대충 정보를 다 얻은 것 같기는 했지만 천무진은 양휴를 풀어 주지 않고 창고에 가둬 놨다. 자신들에 대한 이야기가 새어 나가는 것도 방지하고, 혹시 모를 또 뭔가를 기억해 낼 수도 있다 여겨서다.

　다행히 양휴도 크게 반항을 하지 않았다.

　아마도 지금 상황에서 자신이 불만스러운 모습을 보였다가는 험한 꼴을 당할 수도 있다 여긴 모양이다.

　적화신루를 통해 금호에 대한 세밀한 뒷조사가 시작됐고, 덩달아 천무진 또한 일거리가 늘어난 셈이 되어 버렸다.

　지금까지는 창고의 감시를 전담했지만, 이제는 금호의 뒤도 쫓아야 했다.

　그렇게 약 삼 일 정도 금호의 뒤를 은밀히 쫓고 있을 때였다.

　오늘도 평소와 마찬가지로 천무진은 자신이 홍천관에서 해야 할 창고 정리를 오전 중에 끝마치고 움직일 계획이었다.

　창고의 정리가 마무리되어 갈 그 무렵 귀찮은 누군가가 모습을 드러냈다.

"야! 무진!"

버럭 소리치는 상대를 슬쩍 바라본 천무진의 입꼬리가 꿈틀거렸다.

홍천관에서 계속 선배인 척하며 자신에게 들러붙는 방건이 나타난 것이다.

'하아, 귀찮게.'

속내와는 달리 겉으로 천무진은 활짝 웃으며 그를 반겼다.

"여긴 웬일이십니까?"

"웬일은. 며칠째 코빼기도 안 비치고 말이야. 섭섭하다, 인마."

사실 방건은 매일 이곳에 천무진을 보러 찾아왔었다.

하지만 그가 매번 빠르게 일을 끝내고 다른 곳을 쏘다닌 탓에 만나지 못했던 것이다. 그랬기에 방건은 아예 일찍 천무진을 찾아왔고, 덕분에 이렇게 두 사람이 마주하게 되었다.

그가 달라붙으면 반나절은 그냥 날아갈 걸 알기에 천무진은 빠르게 방건을 떼어 내려 했다.

"죄송합니다. 요새 일이 좀 많아서요. 그런데 어쩌죠? 제가 지금 어디를 가야……."

"아무리 바빠도 밥은 먹어야 할 거 아냐. 따라와 자식아. 소개시켜 줄 사람 있으니까."

"소개시켜 줄 사람이요?"

"그래, 세상에서 제일 예쁜 사람."

자신 있게 말하는 방건의 모습에 천무진은 의아한 표정을 지어 보였다.

사실 세상에서 제일 예쁜 사람이라고 당당하게 말할 만한 대상을 소개시켜 주기엔 방건이 지닌 능력은 많이 모자랐다.

백아린을 보면서도 저런 여인들은 자신들과는 아예 다른 세상 사람이라 치부하던 그가 아니던가.

그러던 그가 갑자기 세상에서 제일 예쁜 사람을 소개시켜 주겠다니…….

천무진은 어떻게든 이 자리를 빠져나가려고 했지만 방건이 이미 그의 소매를 쥔 채 잡아당기고 있었다.

"가자니까, 시간 그리 안 뺏을게, 밥이나 같이 먹자고."

"……알겠습니다."

여기서 실랑이를 할 수도 없는 상황이었기에 천무진은 울며 겨자 먹기로 따라 움직일 수밖에 없었다.

결국 반강제로 천무진은 어딘가로 끌려가야만 했다.

'대체 어딜 가는 거야?'

가뜩이나 시간을 빼앗기는 것도 좋지 않았거늘, 무림맹 바깥으로까지 나가자 천무진의 심기는 더욱 불편해졌다.

결국 참다못한 그가 물었다.

"어디까지 가시는 겁니까?"

"하여튼 급하기는. 다 왔어. 저기 객잔이라고."

방건이 막 말을 하며 눈앞에 있는 객잔을 가리켰다. 다행히 그리 멀지 않은 곳이었기에 천무진이 속으로 한숨을 내쉬는 그때였다.

익숙한 마차를 발견한 방건이 손을 들어 소리쳤다.

"소청아!"

소리를 막 내지르자 마차의 문이 열리며 누군가가 성큼 아래로 뛰어내렸다.

그리고 그렇게 모습을 드러낸 상대가 방건을 향해 활짝 웃으며 양손을 휘휘 흔들었다.

갑작스러운 상황에 천무진은 놀란 듯 상대와 방건을 번갈아 바라봤다.

방건을 향해 손을 흔들고 있는 건 분명 귀여운 여인이었다.

하지만 여인이라는 말을 쓰기가 무색할 정도로 어린, 정확하게는 소녀라고 불러야 할 상대였다.

나이는 겨우 열 살이 조금 넘었을 정도.

천무진이 물었다.

"누굽니까?"

그의 질문에 방건이 소청이라고 부른 어린 소녀를 응시한 채로 대답했다.

"내 동생. 어떠냐? 예쁘지?"

여동생을 바라보는 방건의 입가에 따뜻한 미소가 걸렸다.

＊　　　＊　　　＊

말을 마친 방건은 한달음에 동생인 방소청에게 달려갔다.

어린 그녀를 번쩍 안아 들어 올린 방건이 웃는 얼굴로 말했다.

"얼마 못 본 사이에 또 훌쩍 자랐네."

"피, 그러게 집에 자주 오라니까."

곧바로 방소청은 방건을 향해 투덜거렸다.

"오라비가 얼마나 바쁜데. 너 보러 그 먼 곳까지 가는 게 쉬운 줄 아냐?"

말은 그리하면서도 얼굴에는 오랜만에 보는 동생에 대한 반가움이 가득했다.

산동에 있는 옥수문 출신이니 이곳 무림맹에 오는 데만 해도 오십 일 가까운 시간이 필요할 게다. 그런 처지다 보니 아무리 긴 시간의 휴가를 받아도 고향에 한 번 가는 게 쉽지 않은 방건이다.

다행히도 그리 멀지 않은 곳에 외가 쪽 친지의 집이 있어 그곳에 들를 겸 이렇게 방소청이 직접 사천성 성도까지 찾아온 것이다.

그렇게 한참을 객잔 입구에서 반가움을 나누던 남매는 이내 안으로 들어가려고 걸음을 옮겼다.

방소청이 움직이지 않는 천무진을 보며 물었다.

"오라버니, 그런데 같이 오신 저분은?"

"아, 맞다."

그제야 천무진의 존재를 기억해 냈는지 방건은 고개를 돌려 멀찍이 서 있는 그에게 손짓했다.

"거기서 뭐 해? 빨리 와."

방금 전까지 기억도 못 하고 있던 그가 도리어 큰소리로 재촉했다.

말을 마치고 먼저 객잔 안으로 들어서는 남매를 바라보며 천무진은 고개를 절레절레 저었다. 그렇게 둘의 뒤를 따라 들어선 객잔에는 이미 손님들이 꽤나 많았다.

잠시 주변을 둘러보던 천무진은 먼저 자리를 잡은 두 사람을 발견하고는 그쪽으로 걸음을 옮겼다.

막 천무진이 자리에 앉자 방건이 소개를 시작했다.

"이쪽은 무진이라고 이번에 막 들어온 신입."

"아, 오라버니랑 같은 곳에서 일하시는 분이구나."

"엉. 막 들어와서 한참 어수룩할 때지. 밥도 잘 못 챙겨 먹고 다니는 것 같아서 좀 먹이려고 데리고 왔어."

한순간에 어수룩한 사람이 된 천무진은 기가 막혔지만, 겉으론 별다른 말 없이 웃고만 있었다. 그러자 방소청이 고개를 끄덕이며 오라버니인 방건의 말에 동조했다.

"그치. 신참이면 아무래도 좀 그럴 수 있지. 오라버니가 잘했네."

"내가 맘이 약해서 문제라니까."

어려서 사회생활이라곤 해 본 적도 없을 어린 소녀의 대답과 곧바로 맞장구치는 방건을 보며 참 합이 잘 맞는 남매라는 생각이 들었다.

방건이 말한 대로 정말 식사라도 챙겨 주고 싶어서 불렀던 것인지 그 이후로 그는 천무진에겐 별다른 관심 없이 동생인 방소청과 대화를 이어 나갔다.

오랜만에 만난 두 남매의 대화는 화기애애했다.

가족 이야기에서부터 문파의 식솔들에게 최근 있었던 일들까지.

큰일로부터 시작된 대화는 곧 자잘한 취미나 요즘 즐거운 일이 있었던 것 등으로 내려왔다.

그렇게 두 사람은 시간 가는 줄 모르고 대화에 열중했고, 동석한 채로 식사를 이어 가던 천무진의 그릇들 또한 어느 정도 비워졌을 무렵이었다.

방건이 자리에서 일어나며 말했다.

"나 잠시만 뒷간 좀 다녀오마."

"천천히 다녀와."

방소청의 말을 들으며 방건은 급한 듯 바쁘게 뒷간이 있는 바깥으로 나갔다.

그가 나가고 순식간에 둘만 남게 된 자리, 천무진은 말없이 남아 있는 차를 마셨다.

얼추 식사도 끝났고 언제 자리를 떠야 하나 보고 있을 때였다.

맞은편에 앉아 있던 방소청이 물었다.

"같은 부대에 계신다니 오라버니를 자주 보시겠네요?"

"아무래도 그렇지."

천무진은 담담하게 대답했다.

대수롭지 않은 질문이라 여기던 천무진의 눈에 막 입구에 있는 휘장 너머로 뒷간에서 돌아오는 방건의 모습이 보였다.

그가 막 안으로 들어서려는 찰나였다.

갑작스럽게 방소청의 질문이 날아들었다.

"우리 오라버니는 훌륭한 무인이시죠?"

생각지도 못한 질문에 천무진은 멈칫했다.

그리고 마찬가지로 방건 역시 놀라 황급히 발걸음을 멈췄다.

그는 딱딱해진 얼굴로 급하게 몸을 감췄다.

벽에 기댄 방건은 슬쩍 자신의 입술을 깨물었다.

방건이라고 해서 어찌 모를까.

천무진 앞에서 언제나 강한 척 뽐내고는 있지만, 매번 보여 오던 자신의 모습이 얼마나 한심했는지를.

며칠 전만 해도 당자윤에게 비웃음과 모멸을 당하는 걸 직접 옆에서 목도한 천무진이니 자신에 대해 어찌 생각할지 사실 안 봐도 뻔했다.

하지만 알면서도 최대한 뻔뻔하게 굴었다.

상대는 오대세가의 하나인 사천당문의 무인이었고, 그런 자에게 어떻게 할 수 없다는 건 옆에서 함께 겪은 천무진도 알 거라 스스로에게 위안 삼으며 굴욕적이었던 그 모든 걸 억지로 납득하려 했다.

하지만 하나뿐인 동생에겐 아니었다.

항상 멋진 오라버니, 자랑스러운 무인으로 보이고 싶었다.

훌륭한 무인이냐는 동생의 질문에 어쩔 줄 몰라 하며 안

절부절못하는 방건의 모습이 창 너머로 보였다. 천무진이 잠시 그를 바라보다 이내 입을 열었다.

"……그럼, 네 오라버니는 훌륭한 무인이란다. 나도 참 많이 도와주고 계시고."

벽에 기댄 채로 창문 안을 힐끔거리던 방건이 천무진의 그 말에 놀란 듯 눈을 치켜떴다.

그리고는 이내 주먹을 꽉 쥔 채로 고개를 숙였다.

처음으로 부끄러웠다.

또 고마웠다.

자신을 위해 거짓말을 해 주는 천무진에게.

훌륭한 무인이라는 천무진의 대답을 들은 방소청이 환한 웃음을 보이며 말했다.

"소협은 참 좋은 분이신 것 같아요. 앞으로도 우리 오라버니 잘 부탁할게요. 사실 매일 강한 척하지만, 나이에 안 맞게 마음이 많이 여리거든요."

"어린 꼬마가 할 말은 아닌 거 같은데."

"나이는 어려도 제가 저희 오라버니보다 철은 더 들었을 걸요?"

장난스러운 방소청의 말이 막 끝날 무렵 바깥에서 억지로 눈물을 삼켜 낸 방건이 일부러 소란스레 모습을 드러냈다.

"아고, 왜 이리 힘드냐."

요란한 말과 함께 객잔 안에 방건이 들어섰고, 천무진은 기다렸다는 듯 자리에서 일어났다.

방건이 물었다.

"왜? 벌써 가려고?"

"말씀드렸던 것처럼 일이 좀 있어서요. 식사 맛있게 잘 했습니다. 나중에 뵙겠습니다."

말을 마친 천무진은 방건을 향해 포권을 취했다.

평소보다 조금 더 대우를 해 주는 듯이 구는 이 모든 건 사실 옆에 있는 여동생인 방소청을 위해서였다.

인사를 끝마친 천무진은 곧바로 객잔을 빠져나와 무림맹을 향해 걸음을 옮겼다.

무림맹에 있을 금호를 비밀리에 감시하기 위해서.

그렇지만 얼마 가기도 전에 뒤편에서 자신을 부르는 목소리가 들려왔다.

"무진!"

목소리의 주인공은 방건이었고, 고개를 돌린 천무진의 시선에 급히 이쪽으로 달려오는 그가 보였다. 왜 그러냐는 듯한 시선에 지척까지 다가온 방건이 들고 있던 자그마한 봇짐 하나를 내밀었다.

천무진이 물었다.

"이게 뭡니까?"

"우리 동네에서만 나오는 특산 차야. 저 녀석이 가지고 왔는데 나 혼자 먹기엔 너무 많아서. 맛이 꽤 괜찮으니까 가져다 놓고 먹으라고."

"그러죠."

말을 끝내며 천무진이 봇짐을 건네받는 그때였다.

슬쩍 눈치를 살피던 방건이 괜히 발로 땅을 툭툭 차며 입을 열었다.

"아, 그리고…… 고맙다."

"뭘 말입니까?"

"알면서 왜 그래 인마. 쑥스럽게."

방건은 천무진의 어깨를 툭 치며 괜스레 더 목소리를 높였다.

입구로 들어서려던 그 찰나 아주 짧게 천무진과 시선이 마주쳤다는 걸 방건은 알고 있었다. 그랬기에 자신이 뒤편에 숨어 있다는 걸 천무진이 알고 있다는 사실 또한 이미 짐작한 상황이다.

방건이 코를 스윽 훔치며 말했다.

"네 덕분에…… 내 동생에게 계속 자랑스러운 오라비로 남을 수 있을 것 같아서 말이야."

말을 하는 그의 얼굴에는 쑥스러워하는 빛이 역력했지

만, 그 한편에는 진심으로 고마워하는 기색 또한 느껴졌다.

천무진이 말했다.

"아예 거짓말은 아닙니다. 제가 도움을 받은 건 사실이니까요."

정말로 천무진은 방건에게 도움을 받았다.

물론 대부분이 크게 필요 없는 것들이긴 했지만 그를 통해 이곳 홍천관에서 벌어졌던 소소한 일들에 대해 전해 들었다.

그 정보들을 토대로 적화신루에 또 다른 의뢰들을 던졌고, 개중에 이번 금호와 관련된 단서를 찾는 데 결정적 도움을 준 것도 있었다.

천무진이 천천히 말을 이었다.

"그리고 한 말씀 드리자면 동생분은 오라버니가 무림맹에 들어올 정도의 무인이라 자랑스러워하는 건 아닌 것 같습니다."

"응?"

"아마도 자신을 아끼는 오라버니의 마음을 자랑스러워하는 것 같더군요. 그러니 지금처럼 동생분께 자랑스러운 오라버니로 남고 싶다는 그 마음, 그것만 잊지 않으시면 아마도 평생 그리될 걸로 보입니다."

천무진의 말에 방건은 가만히 서서 그를 바라보기만 했다.

처음 만났을 때 기강을 잡겠다는 이유로 천무진에게 함부로 대했던 그다.

그런 일을 당한 대상이 자신을 위해 해 주는 이런 말들을 듣고 있자니, 그때 했던 행동들이 갑작스레 부끄럽게만 느껴졌다.

방건의 입에서 자신도 모르게 진심 어린 말이 흘러나왔다.

"고맙다."

스스로 고맙다는 말을 내뱉고도 놀랐는지 방건은 서둘러 뒷걸음질 치며 말을 이었다.

"야! 무진 너 진짜 앞으로 나만 믿어라. 내가 네 뒷배가 돼서 맹 생활 완전 편하게 해 줄 테니. 알겠냐?"

말을 마친 방건은 서둘러 동생이 있는 객잔 쪽으로 멀어져 갔다.

'자기도 말단인 주제에 누가 누굴 편하게 해 준다는 거야.'

피식.

천무진은 멀리 달려가는 방건의 뒷모습을 보며 기가 막힌다는 듯 웃음을 흘렸다.

＊　　　＊　　　＊

며칠째 연달아 홍천관의 부관주 여청과 술자리를 이어가
던 한천이 장원으로 돌아왔다.

거나하게 취해 보이던 그는, 거처에서 일행들과 마주하
자 곧바로 내공으로 술기운을 날려 버렸다.

평소의 능글맞은 웃음을 머금은 한천이 장난스럽게 이야
기를 꺼냈다.

"다들 이 밤에 모여서 뭣들 하십니까?"

"뭐 하긴. 오늘 있었던 일들 이야기 좀 하고 있었어. 매
일 술값은 엄청 쏟아부으면서 오늘은 뭐 얻어 낸 거 좀 없
어?"

백아린의 말에 한천이 기다렸다는 듯 양 손바닥을 짝 소
리 나게 쳤다.

그리고는 말했다.

"어휴 있지요. 있고말고요, 대장."

"있다고?"

백아린의 화색이 돼서 되묻자, 한천이 오늘 술자리에서
들었던 걸 토대로 이야기를 이어 나갔다.

"정확하게 말하지는 않아서 모르겠는데 뭔가 관주에게
큰 불만이 있어 보였습니다."

"관주에게 불만? 겨우 그거면 너무 광범위하잖아. 상사한테 불만을 가지는 건 대부분에게 당연한 일이기도 하고."

"물론 그래서 조금 더 캐 봤죠. 그랬더니 자신에게 뭔가를 시켜 놓고 제대로 된 대우도 안 해 준다, 뭐하다 하면서 떠들어 대더군요. 하지만 거기까지였습니다. 그 이상은 아무리 단서를 찾아내려 해도 넘어오질 않더군요. 너무 과하면 일이 틀어질 것 같아 오늘은 그 정도에서 멈췄습니다."

"잘했어. 의심을 사면 곤란하니까."

말을 마친 백아린이 시선을 돌려 천무진을 바라봤다. 한자리에 앉아 이야기를 듣고만 있던 그를 향해 백아린이 물었다.

"여청이 말하는 뭔가가 그때 얻은 돌과 관련된 걸까요?"

"그럴지도 모르겠어. 만약 그렇다면 관주와 부관주 둘 다 그 의심스러운 돌과 관련이 있다는 건데……."

창고에서 가지고 나온 정체 모를 돌.

돌의 정체만 밝혀낸다면 보다 정확한 뭔가를 알아낼 수도 있을 터인데 그건 생각보다 쉽지 않은 일이었다.

그녀가 금호에 대해 물었다.

"계속 관주의 뒤를 캐고 있으신데, 뭐 특별한 건 없고요?"

"아직은."

"아무래도 제일 악취가 풍기는 건 관주 쪽인 거 같긴 한데…… 답답하게 단서가 안 나오네요."

사실 백아린은 천무진이 정확하게 무엇을 찾는 것인지 알지 못한다. 허나 지금 흘러가는 정황만 봐도 가장 의심스러운 부분이 뭔지 짐작하는 건 그리 어렵지 않았다.

다만 쉽사리 뒤를 잡히지 않는 그들에 다소 답답함이 느껴지는 상황.

길게 대화들이 이어졌지만 유독 단엽만이 홀로 구석에 있는 탁자에 앉은 채로 혼자만의 시간을 보내고 있었다.

그는 이들의 대화에는 전혀 관심 없다는 듯 탁자에 엎드린 채로 눈앞에 있는 치치를 응시했다.

언제나처럼 옥수수 알갱이 하나를 먹고 있는 치치에게서 시선도 못 뗀 채로 단엽은 뭐가 그리도 좋은지 실실 웃고만 있었다.

그때 곰곰이 턱을 괸 채로 생각에 잠겨 있던 백아린이 입을 열었다.

"잠깐만요. 이건 어떨까요?"

갑작스러운 백아린의 목소리에 천무진과 한천의 시선이 그녀에게로 향했다.

둘의 주목을 받으며 백아린이 말을 이었다.

"둘이 서로를 의심하게 만드는 거죠. 그렇게 되면 한쪽에서 정보가 새어 나오거나, 수상한 움직임을 보일 수도 있잖아요."

"생각은 괜찮아. 하지만 그게 가능하겠어?"

"그럼요. 저한테 막 떠오른 방법이 하나 있거든요."

"그게 뭔데?"

천무진이 되묻자 백아린의 의미심장한 얼굴로 답했다.

"이간질이요."

6장. 이간질 —
충분해요

　홍천관의 관주 금호는 갑작스러운 호출에 급히 무림맹의 한 곳으로 향하고 있었다.

　그렇게 도착한 곳은 다름 아닌 총군사 위지겸의 집무실이었다.

　집무실에 도착한 금호가 예를 갖춰 포권을 취했다.

　"홍천관 관주 금호, 총군사님을 뵈러 왔습니다."

　"허어, 생각보다 일찍 오셨소, 금 관주. 우선 이리로 오시지요."

　위지겸은 곧바로 금호를 가운데에 있는 자리로 안내했다.

자리에 앉기 무섭게 위지겸은 탁자 위에 있던 차를 따라 권했다.

"감사합니다."

말을 마친 금호는 조심스레 찻잔을 받아 입가에 가져다 댔다.

홍천관의 관주라는 신분으로 있긴 하지만 사실 그는 위지겸과 만날 기회가 그리 많지 않았다.

더군다나 이렇게 독대를 한 건 이번이 처음이었다.

찻잔을 내려놓은 금호가 물었다.

"찾으셨다 들었습니다만 무슨 연유이신지요?"

별다른 이유 없이 만날 사이가 아니었기에 금호는 위지겸이 자신을 부른 이유가 따로 있을 거라 이미 직감하고 있었다.

그리고 그런 그의 질문에 위지겸이 곧바로 답했다.

"금 관주도 알다시피 이번에 강소성 무림맹 지부에 물자를 보내야 하지 않습니까. 그리고 그에 맞춰 무인 충원 요청이 들어와서 말입니다."

"아, 저희 쪽에서도 인원의 일부를 충원하길 바라시는 겁니까?"

"그렇긴 한데 정확히 말하자면 인원의 일부라기보다는 중간 관리직 한 명이 필요한 상황이지요. 물자 관리를 전담해 줄 사람으로 말입니다."

"……중간 관리직이요?"

되묻는 금호의 표정은 떨떠름했다.

홍천관에서 그나마 중간 관리직으로 분류될 만한 이는 채 다섯이 되지 않았다. 그리고 그것도 억지로 꼽았을 때나 그렇지 실상은 자신과 부관주 여청 단둘뿐이라 봐도 옳았다.

어떻게든 빠져나가려는 그때 위지겸이 먼저 속내를 드러냈다.

"금 관주나 부관주 둘 중 한 분은 그곳으로 가 줘야 할 것 같군요."

"하지만……."

"그리 길지 않을 겁니다. 길면 일 년, 짧으면 반년 안에 돌아올 수 있을 테니까요."

무덤덤하게 말을 하는 위지겸의 모습을 보며 금호는 애써 말을 삼켜야만 했다. 다른 이도 아닌 무림맹의 많은 부분을 관리하는 총군사의 입에서 나온 말이다.

특별한 이유가 있지 않고서야 결정을 번복하는 건 불가능했다.

아무런 말도 못 하고 있는 그를 곁눈질로 살피던 위지겸이 이내 물었다.

"어찌하시는 게 좋으시겠습니까? 저희 쪽에서야 당연히 관주께서 가시는 게 낫긴 한데……."

뭔가 자신을 보내려는 낌새가 느껴지자 금호가 황급히 말을 자르며 답했다.

"부관주를 보내도록 하지요. 아무리 그래도 관주인 제가 일 년이나 되는 긴 시간 동안 자리를 비우는 것은 탐탁지 않고, 이곳에서 제가 담당하고 있는 일들이 많아서요."

"그래요? 금 관주의 생각이 정 그렇다면야 부관주를 보내는 쪽으로 정리를 해야겠군요."

어쩔 수 없다는 듯 위지겸이 고개를 끄덕였다.

말을 마치고는 조용히 찻잔을 들어 올리는 그를 바라보던 금호가 입을 열었다.

"하실 말씀이 다 끝나셨다면 전 이만 물러나지요. 해야 할 일이 많아서요."

"이런 바쁘신 분을 대낮부터 불렀군요. 그럼 살펴 가시지요."

"예, 그럼 나중에 또 뵙겠습니다."

말을 마친 금호가 곧바로 집무실을 빠져나갔고, 그로부터 잠시 동안 위지겸은 홀로 찻잔을 기울였다. 그러던 그가 슬그머니 입을 열었다.

"이거면 되겠습니까?"

아무도 없는 공간에 갑자기 내뱉은 그의 한 마디.

이내 뒤편에 있는 자그마한 문이 열리며 백아린이 모습

을 드러냈다.

그녀가 고개를 끄덕였다.

"충분해요."

"필요하시다고 하셔서 도와 드리긴 했지만 이보다 더 깊게 도움을 드리긴 어려울 듯싶군요. 의심하시는 건 알겠지만 확실하지 않은 상황에서는 한계가 있어서요."

맹주와 총군사가 천룡성의 인물인 천무진을 돕기로 약조하기는 했지만, 그것도 어느 정도 선에서의 이야기다.

그 부탁이 무림맹에 해를 끼칠 일이라면 선뜻 돕지 못하는 건 당연했다.

그나마 다행인 건 이번 부탁이 확실한 증거는 없었지만 그리 어려운 일이 아니었다는 것.

그랬기에 백아린의 부탁을 들어줄 수 있었던 것이다.

위지겸의 말이 끝나자 백아린이 금호가 나간 문 쪽을 바라보며 천천히 말을 이었다.

"걱정하지 않으셔도 돼요. 이 이후부터는…… 저희가 상황을 키울 생각이니까요."

*　　　*　　　*

"망할!"

여청이 거칠게 술잔을 들이켰다.

이미 술을 꽤나 마셨는지 그의 얼굴은 상당히 붉어져 있었다. 그리고 그런 여청의 옆에는 한천이 자리한 상태였다.

처음 이 술자리는 지금처럼 단둘만이 아니었다.

여섯 명으로 시작되었지만, 아무런 설명도 없이 연신 화만 내며 술을 들이켜는 여청으로 인해 많은 이들이 불편해하던 상황.

한천은 그런 그들에게 슬쩍슬쩍 여청은 자신이 맡을 테니 먼저 가 보라며 다른 사람들을 집으로 돌려보내기 시작했고, 결국 반 시진 정도 시간이 흐르자 넓은 방 안에는 여청과 한천, 단둘만이 남게 된 것이다.

여청은 입술 옆으로 흐르는 술을 소매로 닦아 냈다.

그런 그의 빈 술잔에 한천이 다시금 술을 채워 줬다.

쪼르르.

술이 차는 걸 물끄러미 보던 여청이 이내 한천을 향해 고개를 돌렸다.

"자네도 가 보게. 내 오늘 기분이 영 더러워서 어울려 주질 못하겠군."

말은 그렇게 하면서도 여청은 계속 말없이 옆자리를 지켜 주는 한천에게 내심 고마운 눈치였다.

그의 말에 한천이 고개를 저으며 대답했다.

"무슨 소린가, 그게. 기분이 안 좋을 때일수록 누군가는 옆에 있어 줘야지. 이대로도 괜찮으니 나는 신경 쓰지 말게. 그냥 계속 술을 마셔도 되고, 혹 이야기를 해서 가슴속에 담긴 화를 풀고 싶다면 그래도 되네. 술친구란 게 그런 거 아닌가."

슬쩍 떠보며 잔을 권하는 한천.

그런 한천의 권유에 못 이기는 척 여청은 재차 쓴 술을 목구멍으로 넘겼다.

"크으."

"술만 먹지 말고 안주도 좀 먹게."

말과 함께 먹음직스러워 보이는 고기 안주가 담긴 접시를 내미는 한천의 모습에 여청은 입술을 꽉 깨물었다.

한껏 오른 취기와 화. 그리고 옆에서 연신 챙겨 주는 한천의 모습까지.

그가 결국 입을 열고야 말았다.

"젠장, 그 새끼가 자네만큼만 날 챙겨 줬다면……."

여청이 왜 이리 화가 나 있는지 한천이 모를 리가 없었다. 자신들이 벌인 일 때문이리라.

알면서도 한천은 모르는 일이라는 듯 되물었다.

"관주라는 작자가 또 자네를 화나게 했나 보군."

일전에 이미 관주에 대한 투덜거림을 늘어놓은 적이 있기에 그런 한천의 말에도 여청은 전혀 놀라지 않았다.

마음을 조금 연 여청이 고개를 끄덕였다.

"그리 개처럼 부려 먹더니 이번엔 좌천을 시키더군."

"좌천?"

한천은 놀란 듯 눈을 치켜떴다.

말문이 열리자 마치 무너진 둑에서 흘러나오기 시작한 물처럼 불만이 연신 터져 나왔다.

"강소성이라네. 나보고 그 먼 곳까지 가라더군. 젠장, 내가 얼마나 많은 일을 도왔는데……."

"그리 멀리? 안 갈 수는 없는 겐가? 자네 말대로 그리 도움을 줬다면 그 정도야 어떻게 빼 줄 수도 있는 일 아닌가?"

"내 말이 그 말일세! 이젠 필요 없어졌다 이거겠지. 의리라고는 눈곱만큼도 없는 더러운 새끼. 반년이나 그곳에 가서 처박히라더군."

분노를 토해 내며 여청이 재차 술을 들이켰다.

그렇게 화를 곱씹는 그를 위로하는 척하던 한천이 준비해 둔 속내를 서서히 끄집어냈다.

막 생각났다는 듯 한천이 말했다.

"그런데 강소성이라면 혹시 무림맹 지부의 일을 말하는 건가?"

"맞네."

"……이상하군."

"뭐가 말인가?"

"거길 가는 거면 반년 안에 돌아올 리가 없을 터인데……."

"그게 무슨 소린가?"

"우리 쪽에서도 몇 명 차출이 되었거든. 그런데 그들 말로는 족히 십 년은 있어야 할 일이라며 가족들과 함께 떠난다고 하던데 말이야."

"……뭐? 십 년?"

술잔을 쥐고 있는 여청의 손이 부들부들 떨렸다.

덩달아 눈초리마저 미묘하게 경련을 일으키는 것이 지금 그가 얼마나 화가 났는지를 말해 주는 듯싶었다.

결국 참지 못한 여청이 자리를 박차고 일어났다.

"내 당장 그놈에게 물어봐야겠네! 정말로 날 십 년이 넘게 그곳에 처박아 두려고 한 건지!"

금호에게 당장이라도 달려가려는 듯 발걸음을 떼는 여청을 한천이 황급히 잡아챘다.

그가 한천을 향해 시선을 돌렸을 때였다.

한천이 말했다.

"이 친구야 생각을 해 보게. 정말 그렇다고 한들 지금 자네에게 솔직히 말하겠는가? 당연히 아니라고 하겠지. 우선 보내고 나서 조금만 더 있으면 돌아오게 해 주겠다고 반복하며 시간을 끌 게 뻔하지 않은가."

"아니 그렇다고 해서 이대로 당할 수만은 없지 않나!"

"진정하게. 이렇게 대놓고 찾아가 따졌다가는 오히려 자네의 수만 읽히는 꼴이 된단 말이야. 거 영특한 친구가 왜 그러나."

술과 화로 인해 얼굴이 터질 것처럼 붉게 달아올랐던 그이지만 한천의 말에 그나마 안정을 되찾을 수 있었다.

거칠게 숨을 몰아쉬던 그가 다시금 자리에 털썩 앉았다.

여청이 기가 막힌다는 듯 중얼거렸다.

"하, 이 새끼 감히 이런 식으로 뒤통수를 친다 이거지?"

분노를 토해 내는 여청을 보며 한천은 한 가지 확신을 가질 수 있었다.

'둘이 같은 목적으로 움직인다고 해도…… 유대 관계가 그리 깊지는 않은 모양이로군.'

어느 정도 예상을 했기에 이 같은 자리를 만들긴 했지만, 이제는 확신할 수 있었다. 지금 이 상태로 조금만 더 흔든다면 둘 사이는 훨씬 더 멀어질 거라는 것을.

의심이 확신으로 바뀐 이상 더는 망설일 이유가 없었다.

실눈을 한 그의 눈동자가 옅게 빛났다.

한천이 입을 열었다.

"이후의 일이나 이런 건 다 따지지 말고 우선은 이곳 맹에 자네가 남을 방법부터 찾지. 이곳에 있어야 뭘 도모해도 할 것 아닌가."

"나도 알지. 다만 그럴 방도가……."

"자네를 붙들고 있어야 할 일이 뭐 없겠는가? 그렇게만 만든다면 아무리 상부의 명이라고 해도 관주가 어떤 핑곗거리를 만들어서든 자네를 지킬 거 아닌가."

"날 붙들고 있어야 할 일이라."

중얼거리던 여청의 미간이 꿈틀거렸다.

금호에게 가장 중요한 것이 무엇인지 그는 잘 알고 있었으니까.

여청이 말을 이었다.

"하나…… 생각나는 게 있군그래."

"허어, 그거참 다행일세!"

안심이라는 듯 한천이 소리쳤다.

하지만 거기까지였다.

이번 일을 자신이 돕겠다고 나서거나, 그게 뭐냐고 캐묻지 않았다.

일이 잘 풀린다면 보다 확실한 증거를 얻을 기회가 될 수도 있었지만 과한 접근은 오히려 의심을 살 수 있다.

과한 것보다는 차라리 모자란 게 낫다.

한결 풀어진 얼굴로 여청이 한천을 향해 말했다.

"고맙네."

"고맙기는."

씩 웃으며 한천이 나지막이 말을 이었다.

"자네가 가면 내 술친구는 누가 하겠는가."

＊　　＊　　＊

늦은 밤 금호의 거처.

그곳에 손님이 막 찾아들었다.

그건 다름 아닌 몇 시진 전까지 한천과 술을 퍼마시고 있던 여청이었다. 이미 많은 사람들이 잠에 들고도 한참이 지났을 늦은 시간에 갑작스레 찾아온 그를 금호가 맞았다.

가벼운 경장 차림을 하고 있던 그가 고개를 갸웃하며 물었다.

"이 늦은 밤에 무슨 일인가?"

"관주님."

"……뭔가?"

왠지 의미심장한 표정을 지어 보이며 말을 거는 상대방의 모습에 금호 또한 표정을 굳히며 되물었다.

그러자 여청이 말했다.

"날 너무 우습게 보셨소."

"갑자기 그게 무슨 소리인가?"

"날 보고 강소성에 가라고? 한마디로 쓸 만큼 썼으니 이만 꺼져 달라 그거 아니요!"

"에휴, 또 그 소린가. 아까 말하지 않았는가. 금방 돌아올 거라고. 상부의 명령인데 그럼 나보고 어쩌란 말인가."

대꾸하는 금호를 향해 여청이 비웃음을 흘렸다.

그가 말했다.

"그 말을 곧이곧대로 믿을 것 같소? 관주가 손을 써서 날 지키면 될 일 아니오!"

"그게 안 되니까 가라는 것 아닌가. 나라고 해서 자네를 보내고 싶을 리가……."

"안 되는 게 아니라 그럴 생각이 없는 건 아니고?"

"감히!"

도를 넘는 말에 더는 참기 힘들었는지 금호가 버럭 소리를 내지르며 옆에 있던 벼루를 집어 던졌다.

쨍!

벽에 부닥친 벼루가 산산조각이 나며 떨어져 내렸고, 덩달아 안에 남아 있던 먹물이 곳곳에 튀었다. 얼굴에 묻은 먹물을 손등으로 스윽 닦아 내는 여청의 눈동자에는 적의가 가득했다.

그런 그를 향해 금호가 말했다.

"죽고 싶은가?"

"킥, 이제야 진짜 속내를 드러내는군그래. 하지만 나도 그냥 당할 생각은 전혀 없소."

"……그게 무슨 뜻이지?"

"내일 한번 창고에 가 보시오. 당신이 아끼던 그 물건들이 잘 남아 있는지."

"여청 네놈이 설마……!"

"내 말은 여기까지요. 그러니 알아서 하시오. 날 버린다면 그 물건들 또한 다시는 찾지 못하게 될 테니."

말을 마친 여청은 더는 머뭇거리지 않고 곧바로 몸을 돌려 방을 빠져나갔다.

그가 사라지자 금호는 이를 뿌득 갈며 옆에 있는 의자에 걸터앉았다.

혹시나 했거늘 여청이 정말로 사고를 치고야 만 것이다.

그때 자리에 앉은 금호가 천천히 입을 열었다.

"자네의 말이 맞았군."

그의 말이 끝나기 무섭게 어둠 속에서 한 사내가 걸어 나왔다.

천무진이었다.

*　　　*　　　*

여청이 찾아오기 반 시진 정도 전.

관주인 금호의 거처에 먼저 모습을 드러낸 건 천무진이었다.

그가 금호를 찾아간 이유는 하나, 창고에서 밤에 몰래 물건들이 빠져나간다는 사실을 보고하기 위해서였다.

물론 이 모든 것은 백아린이 짠, 정확하게 시간을 계산해 벌어진 일련의 계획들이었다.

그 때문에 소식을 전해 듣고 움직이려 했을 때는 이미 늦은 상황이었고, 결국 금호는 눈 뜨고 자신에게 필요한 물건들을 빼앗긴 꼴이 되어 버렸다.

그나마 다행이라면…… 그중 아주 일부나마 물건을 되찾았다는 거다.

그리고 그 역할을 한 것이 바로 이곳에 자리하고 있는 천무진이었다.

그는 짐을 옮기던 도중에 떨어진 물건이라며 나무 상자 하나를 들고 금호를 찾아왔는데, 그 안에는 쇳덩이와 어른의 손바닥만 한 돌 하나가 자리하고 있었다.

미리 빼놓은 이것들을 천무진은 마치 운 좋게 그들이 흘린 걸 주워 왔다는 식으로 상황을 꾸몄다.

돌을 무림맹 바깥으로 가지고 나가기 위해 쇳덩이를 위장용으로 사용했다는 사실을 알았지만 천무진은 오히려 모르는 척 연기를 했다.

천무진이 궁금하다는 듯 물었다.

"그런데 대체 왜 부관주께서 쇠를 훔쳐 나간 걸까요?"

"……예전부터 물건의 일부가 비는 경우가 있었는데, 아마도 부관주가 개인의 사리사욕을 채우기 위해 몰래 빼돌렸던 모양이네."

쇳덩이와 돌을 가지고 나가는 상황이면 쇳덩이를 욕심냈다고 생각하는 것이 합당했다. 그런 천무진의 모습은 너무도 당연했기에 금호는 별다른 의구심을 가지지 않았다.

그가 물었다.

"혹 물건을 실은 마차가 어디로 갔는지는 모르는가?"

"예, 제 실력에 뒤를 쫓다가 들통이 날 수도 있어서 창고에 숨어 이동하는 모습만 몰래 훔쳐 본 것이 다입니다."

"그렇군. 좋은 판단이었네. 혹 쫓았다가 자네가 다쳤다면…… 관주로서 어찌 그 미안함을 갚을 수 있겠는가."

말은 그리 내뱉고 있었지만, 금호의 말투에는 진심이 전혀 느껴지지 않았다.

좋은 사람인 척 연기를 하는 것에 무척이나 익숙했지만, 지금만큼은 평정심을 유지하는 게 쉽지 않았기 때문이다.

여청에 대한 화가 치솟았다.

'감히 아무것도 모르는 네깟 놈이 날 건드려?'

혼자서 모든 일을 감당하는 게 어려워 부관주인 그와 함께 거사를 도모했지만, 사실 둘의 입장은 완전히 달랐다.

동료가 아닌 그저 이용하는 관계.

사실 여청은 자신이 왜 이런 일을 벌이는지조차 알지 못한다.

그저 떨어지는 떡고물에 눈이 멀어 스스로가 하는 일이 얼마나 큰 파장을 불러일으킬지 가늠하지 못하고 있을 정도로 잔챙이에 불과했다.

그러니 평소 그렇게 하찮게 여기던 여청의 갑작스러운 반발은 금호로 하여금 분노와 함께 가소로움이 치밀게 만들었다.

혼자만의 시간이 필요했기에 금호가 말했다.

"당연히 알겠지만 우선 이 일에 대해선 그 누구에게도 발설하지 말게. 꼬리를 감추면 일이 번거로워질 수도 있으니 말이야. 내 말 이해하겠는가?"

"물론입니다."

"고생했네. 그만 가 보게."

"예, 관주님."

소기의 목적을 달성한 천무진은 순순히 물러섰다.

물러나는 그를 금호는 아무런 해코지도 하지 않고 보냈다.

금호가 천무진을 죽일 생각을 일절 하지 않은 건 그가 알게 된 것들이 자신에게 전혀 위험하지 않다 여겨서다.

쇠를 훔쳤다고만 여기는 천무진을 죽여서 가뜩이나 소란스러워질지도 모를 홍천관에 괜한 불씨를 만들 필요가 없다 판단한 것이다.

거기다 혹시 벌어질 수도 있는 상황을 생각하면 증인으로 사용할 가치가 있다 여겼다.

오히려 지금 당장 죽여야 하나 고민되는 건 천무진이 아닌 여청이었다.

'확 죽여 버리고 싶은데…….'

죽여 버려야 이 치솟는 화도 조금 누그러지고, 또 위험한 일을 미연에 방지할 수 있긴 했지만, 상황이 여의치 않았다.

지금 당장 그를 죽인다면 결국 강소성에 가야 하는 건 자신이 될지도 몰랐다. 그랬기에 금호는 억지로 화를 가라앉혔다.

우선은 자신에게 이를 드러낸 여청의 일보다 서둘러 매듭지어야 할 일이 있었으니까.

여청의 제거는 그 이후에 해도 늦지 않다.

천무진이 가지고 온 상자의 안을 힐끔 바라보던 금호가

천천히 손을 내뻗었다.

스윽.

그가 돌을 쥔 손을 들어 올렸다.

돌을 바라보는 금호의 얼굴에 웃음이 걸렸다.

"후후, 이놈마저 없었다면 정말 꼼짝없이 당할 뻔했군."

이 돌조차 없었다면 지금 금호는 여청에게 쩔쩔맬 수밖에 없었다.

허나 그의 부탁대로 다른 이를 강소성에 보내는 건 그리 간단하지 않았다.

총군사가 직접 명령한 일, 그걸 뒤집는다는 건 불가능에 가깝다.

최대한 여청의 비위를 맞추는 선에서 어떻게든 일을 풀어 볼까도 생각해 봤지만…… 그 생각 또한 접었다.

기분은 더러웠지만 한 번이라면 굽혀 줄 수도 있다. 하지만 인간이라는 것이 그렇다.

한 번 약점을 쥐었다는 확신을 가지게 된다면 그 이후부터는 필요할 때마다 그것을 꺼내려 들 것이 자명한 사실.

분명 여청은 이 돌을 이용해 자신의 머리 꼭대기 위로 올라서려 할 게다.

비밀스럽게 진행해야 할 일을 그런 위험 부담이 있는 자와 함께할 이유는 없었다.

오히려 일이 이렇게 된 이상 사용 가치가 떨어진 그를 쳐 내는 것이 옳은 상황이 된 것이다.

주인에게 이빨을 드러낸 개는 더 이상 필요치 않으니까.

돌을 집어넣은 금호가 상자의 뚜껑을 덮으며 나지막이 중얼거렸다.

"하찮은 개라면 먹이를 주는 것만으로도 감사할 줄 알아야지."

*　　　*　　　*

금호의 거처에서 나온 천무진은 그 시간부로 계속해서 그를 감시했다.

혹시 모를 상황에 대비했지만, 금호는 자신에게 사람을 붙이지 않았고 덕분에 보다 수월하게 뒤를 캐는 것이 가능 했다.

천무진이 금호에게 붙은 상황에서, 단엽과 한천이 여청 을 교대로 살폈다.

그리고 백아린은 천무진을 돕거나, 아니면 정보를 구하 기 위해 동분서주했다.

모두가 각자의 자리에서 상대의 움직임을 기다리기 시작 한 지 어언 삼 일 정도의 시간이 지났다.

아직까지 금호의 움직임에서 크게 미심쩍은 부분은 보이지 않았다.

아침 일찍 무림맹에 들어가고, 거처로 돌아온 이후로는 거의 외출을 하지 않는 듯했다.

혹시나 비밀 통로가 있는 건 아닐지 비밀리에 염탐한 적도 있지만, 그는 여전히 집 안에 자리하고 있었다.

종종 홍천관의 무인들이 온 적은 있었으나, 그들 모두 멀쩡하게 나오는 것까지 확인했다.

관주인 그의 거처에 업무적인 이유로 찾아오는 건 그리 특별한 일이 아니었다.

그리고 그건 오늘도 마찬가지였다.

늦은 밤, 익숙한 얼굴을 한 자가 근방에 모습을 드러냈다.

여청이 등을 돌린 그날 이후 매일 밤 이곳을 찾아오고 있어 나름대로 주의 깊게 살피고 있는 오자헌(吳刺憲)이라는 자였다.

백아린을 통해 뒤를 살짝 캐 보긴 했지만, 수상한 부분을 찾기 어려웠던 자. 그랬기에 천무진은 여청을 쫓아내고 오자헌을 부관주에 앉히려는 것이 아닌가 의심을 하는 중이었다.

홍천관에서 다섯 손가락 안에 드는 인물이기도 하고, 평소 금호와 제법 가까이 지내는 자였으니 충분히 가능한 일이라 여겼다.

오자헌이 서류 더미를 든 채 안으로 들어가는 모습까지 지켜본 천무진은 잠시 나무에 기대어 앉았다.

'후우.'

시간은 흐르고 있고, 슬슬 뭔가 걸릴 때가 되었다는 느낌은 있는데 아직 관주나 부관주 양쪽 모두가 잠잠하다.

나무에 기댄 채로 하늘을 올려다보던 천무진의 고개가 갑자기 움직였다. 금호의 거처로 향하는 누군가의 인기척을 느껴서다.

사내 한 명이 그의 거처 입구로 다가서고 있었다. 딱히 의심스러운 모습을 보인 것도 아니고, 은밀하게 움직이고 있는 건 더더욱 아니었는데도 상대의 모습을 확인한 천무진의 눈동자가 커졌다.

'……방건?'

모습을 드러낸 것이 다름 아닌 홍천관에서 함께 생활하고 있는 방건이었기 때문이다.

그는 얼마 전 여동생 사건 이후로 천무진에게 더욱 친근하게 굴어 대고 있었다.

다른 이들과는 달리 방건과는 제법 어울린 탓에 그에 대해 어느 정도 알고 있는 천무진이었기에 당황스러울 수밖에 없었다.

그가 왜 이곳 관주의 거처에 온단 말인가?

가득 상기된 얼굴로 주변을 두리번거리는 모습이 적어도 이곳 관주의 거처가 익숙한 건 분명 아닌 듯싶었다.

'뭐지? 왜 방건이 여기에 나타난 거지?'

자신이 아는 방건은 홍천관 내에서 그리 큰 비중이 있는 자가 아니었다.

나름 오래 있긴 했지만 가진 능력이 뛰어난 것도, 그렇다고 인맥이 넓은 것도 아니었다.

그런 그가 이 늦은 밤 관주의 거처에 찾아올 이유라는 게 대체 뭘까?

한참을 입구에서 서성이던 방건이 조심스레 문을 두드렸고, 이내 누군가가 나와 그를 데리고 안으로 들어섰다.

장원 바깥에 숨어 그 일련의 과정을 모두 보고만 있던 천무진은 고민에 빠졌다.

이상했다.

분명 뭔가가 이상하다는 생각이 계속해서 들었다.

하지만 매번 금호를 찾아온 홍천관의 무인들이 멀쩡하게 나가는 걸 봐 온 천무진이다. 그랬기에 지금 자신이 느끼는 이 의심이 과연 맞는 것인지 확신이 서지 않았다.

만약에 별일 아니었는데 섣부르게 행동했다가 일을 그르치게 되면 되돌리기 어려울 수도 있다.

하지만……

　"우리 오라버니는 훌륭한 무인이시죠?"

　물어 오던 방건의 여동생 방소청의 얼굴과 그 대답에 맞다고 대답했던 자신을 향해 고맙다며 쑥스러움을 감추지 못했던 그의 모습이 동시에 떠올랐다.

　앞으로 자기가 다 돕겠다며 자신만 믿으라고 큰소리를 뻥뻥 쳐 대던 방건의 모습이 기억나는 순간 천무진은 짧은 한숨을 내쉬었다.

　"하아."

　왠지 모를 불안감, 도저히 그냥 두고 볼 수만은 없었다.

　천무진의 몸이 나무 아래로 고양이처럼 떨어져 내렸다.

　꽤나 높은 나무였지만 자그마한 소리 하나 나지 않게 가볍게 착지한 그가 투덜거렸다.

　'방건 이 자식 나중에 두고 보자.'

　자칫 자신의 계획이 틀어질지도 모른다는 걸 잘 알았다.

　허나 그럼에도 불구하고 천무진은 발걸음을 옮겼다.

　그의 몸이 빠르게 담장을 넘어, 방건이 갔던 방향으로 움직였다.

　스스슥.

바람처럼 파고든 천무진의 몸이 곧장 목적지를 향해 움직이고 있었다.

저번에 정식으로 찾아온 덕분에 내부의 지리는 어느 정도 머리에 담아 둔 상태였다.

예상대로 방건이 간 방향은 관주 금호의 집무실 쪽이었다.

순식간에 집무실 근처에 도착한 천무진은 창을 통해 안의 모습을 살피려 했다. 허나 갑자기 입구의 문이 열리며 목소리가 들려와 서둘러 몸을 낮추고 기척을 감췄다.

집무실에서 모습을 드러낸 건 관주인 금호와 방금 찾아온 두 사람, 오자헌과 방건이었다.

얼굴에 웃음이 가득한 채로 걸음을 옮기는 셋을 본 천무진은 쓴 입맛만 다셨다.

괜한 오해를 했다는 생각에서였다.

'기우였나?'

물론 방건을 이곳에 부른 이유는 도저히 모르겠지만 지금 분위기로 보건대 뭔가 일이 벌어질 것 같진 않았다.

풀리지 않는 의심이 남아 있었기에 어디로 가는지만 확인하기로 마음먹은 천무진이 슬쩍 셋의 뒤를 쫓았다.

다행히도 그들은 집무실에서 멀지 않은 곳에 멈춰 섰다.

그곳은 그리 크지 않은 창고였다.

도착한 장소를 확인하니 다시금 미심쩍은 느낌이 밀려들었다.

이 늦은 밤 세 사람이 모여 이곳 창고로 갈 이유가 딱히 떠오르지 않아서다.

뭘까?

대체 왜 방건을 데리고 이곳에 온 것일까?

천무진의 고민이 길어지는 그때 쇠로 된 문이 천천히 열렸다.

그르르릉.

바닥이 끌리는 소리와 함께 열린 문을 통해 세 사람이 안으로 성큼 들어갔다. 그리고 이내 그 철문은 다시금 닫히고 있었다.

아주 잠깐의 열림, 그런데 그 찰나의 순간 천무진의 코로 미약하긴 했지만 익숙한 냄새가 조심스레 스며들었다.

움찔.

몸을 낮춘 채로 숨어 있던 천무진의 손끝이 꿈틀했다.

분명했다.

이건…….

'피 냄새?'

7장. 통로 —
찔러라

　아주 잠시 느꼈던 피 냄새는 문이 닫히고 얼마 되지 않아 거짓말처럼 사라졌다.

　피 냄새를 확인하는 순간 천무진은 확신할 수 있었다. 이 안에서 무슨 일인가가 벌어지고 있다는 사실을.

　그리고 그게 무엇인지 천무진은 알아야만 했다.

　안에서 벌어지는 일에 대해서는 그 어떤 것도 가늠할 수가 없는 상황, 당장에 문을 때려 부수고 안으로 들어가기도 뭐했지만 그렇다고 방관하고만 있을 수도 없었다.

　그가 내공이 담긴 손가락을 창고의 벽에 조용히 가져다 댔다.

그러자 천무진의 손가락이 마치 두부 사이를 파고들 듯 두꺼운 벽 속으로 모습을 감췄다.

　적절한 내공의 분배가 있었기에 소리조차 나지 않고 그의 손가락이 향하는 곳만 뻥 하고 구멍이 뚫려 버린 것이다.

　손가락을 끄집어낸 천무진은 곧바로 생겨난 구멍을 통해 내부의 모습을 살폈다.

　구멍은 작았지만, 다행히도 내부의 모습은 얼핏 확인하는 것이 가능했다.

　안에서 익숙한 방건의 목소리가 흘러나왔다.

　"저, 저기…… 여긴 어딥니까, 관주님."

　떨려 오는 목소리에는 긴장한 기색이 역력했다. 그런 그를 관주 금호가 다독였다.

　"따라와 보면 알 걸세."

　말과 함께 금호는 슬그머니 창고의 한쪽에 위치한 선반으로 다가가, 그 위에 있는 물건들을 옆으로 밀었다.

　그리고는 선반 구석에 감춰져 있던 낫 모양의 물건을 옆으로 잡아당기는 그 순간.

　스윽.

　바닥이 갑자기 들리며 이내 숨겨진 공간이 모습을 드러냈다.

그리고 그 모습을 천무진은 창고 바깥에서 똑똑히 확인하고 있었다.

마른침을 꿀꺽 삼키는 방건의 어깨를 두드리며 금호가 말했다.

"자, 내려가지."

말을 마친 금호는 이곳까지 동행한 오자헌과 방건을 데리고 비밀 통로를 향해 내려섰다.

그리고 이내 그들이 다 사라지자 열렸던 바닥의 문이 닫혔다.

구멍을 통해 내부의 모습을 살펴보던 천무진은 고개를 끄덕였다.

옅은 피 냄새, 그것이 저 비밀 통로가 열리는 순간 짙어졌다.

주변을 슬쩍 확인한 천무진이 빠르게 창고의 입구로 움직였다.

서둘러 움직인 그는 다른 누군가가 나타나기 전에 빠른 속도로 내부로 잠입해 들어갔다.

몸을 낮춘 채 창고 안으로 들어선 천무진은 우선 내부의 상황부터 살폈다.

창고 안은 평범했다.

금호가 사는 거처에서 쓰지 않는 물건들이나, 간단한 자재들이 있는 곳. 그렇지만 하나같이 먼지가 쌓여 있는 걸 보아 이곳은 분명 사람들의 손이 전혀 닿지 않는 게 확실했다.

마음 같아서는 서둘러 뒤를 쫓고 싶었지만 천무진은 섣불리 움직이지 않았다.

아래로 내려서는 걸 보아하니 계단으로 이어진 비밀 통로겠지만 혹시나 내부가 아주 작다면 서둘러 뒤를 쫓았다간 곧바로 들통이 날 수도 있다.

그랬기에 적당한 시간 차를 두고 그 뒤를 쫓으려 하고 있었다.

다만 조금 신경이 쓰이는 것이 하나 있었는데…… 다름 아닌 방건이었다.

피 냄새가 풍겨 나왔던 장소다.

그 말은 곧 결코 좋은 곳은 아닐 거라는 의미였다.

잠시 몸을 감춘 채 뜸을 들이던 천무진이 방금 전 금호가 장치를 움직였던 선반이 있는 쪽으로 다가갔다.

이미 다른 짐들은 치워져 있는 상황이었기에 조작은 간단했다.

낫 모양의 물건을 쥔 천무진은 이내 아래에서 아무런 움직임이 없음을 확인하고는 곧바로 손을 움직였다.

슬쩍 힘을 주자 낫은 바깥쪽으로 끌려 나왔고, 덩달아 사라졌던 비밀 통로 또한 다시금 모습을 드러냈다.

바닥이 들리며 드러난 공간, 안은 꽤나 깊은지 눈앞엔 칠흑 같은 어둠만이 맴돌았다.

천무진은 지하로 이어지는 계단을 향해 발걸음을 내디뎠다.

동시에 안력을 끌어올려 어두운 주변의 모습을 확인했다.

계단을 몇 개쯤 내려가자 벽면에 툭 튀어나온 장치를 발견할 수 있었다.

천무진은 그걸 가볍게 눌렀고, 이내 위쪽에 열려 있던 문이 자연스레 닫혔다.

'이게 내부에서 문을 열고 닫을 때 쓰는 장치인 모양이군.'

이미 예상을 했던 탓에 천무진은 전혀 놀라지 않았다.

오히려 비밀리에 이곳에서 빠져나가야 할 상황을 대비해서 보다 확실하게 주변의 것들을 확인하며 나아가고 있었다.

그렇게 긴 계단을 내려선 천무진의 시야에 빛과 함께 긴 복도가 모습을 드러냈다.

지하는 한눈에 봐도 알 정도로 무척이나 길었다.

천무진은 생각보다 훨씬 더 커다란 공간을 확인하고는 놀란 듯 미간을 구겼다.

'이토록 큰 지하 공간이라니……'

무림맹과는 거리적으로 많이 떨어져 있는 금호의 장원이긴 하지만 그래도 이곳은 많은 이들이 살고 있는 성도다.

그런 마을에 이토록 커다란 비밀 공간을 만들어 뒀을 거라고는 직접 들어서기 전까진 상상조차 하지 못했다.

긴 복도에는 어둠을 밝힐 불들이 곳곳에 자리했고, 양옆으로는 커다란 방들이 존재했다.

천무진은 발소리를 죽인 채로 천천히 그 복도를 따라 걷기 시작했다.

바깥에서도 느꼈지만, 안으로 들어서니 피 냄새는 보다 고약해졌다.

이 정도라면 이제 방건 정도 되는 무인이라도 눈치를 챌 수준이다.

앞으로 나아가는 천무진은 옆에 자리하고 있는 방들을 슬쩍슬쩍 살폈다.

종종 모습을 드러내는 방들은 내부를 확인할 수 있는 곳도 있었고, 아닌 곳도 있었다.

창고처럼 꽉 막힌 곳도 있는 반면, 공기가 통할 수 있도록 문의 일부분만 뻥 뚫려 있는 장소도 많았다.

대부분이 후자처럼 되어 있었기에 안을 살피는 것은 간단했다.

허나 그 공간들 모두가 거의 텅 비어 있다시피 했다.

간단한 의자나 탁자 정도가 있는 경우도 있었지만 겨우 그뿐, 결코 뭔가 눈에 띄는 건 보이지 않았다.

그럼에도 불구하고 천무진이 가벼이 넘기지 않는 것은 그 방 내부에서 풍겨져 나오는 피 냄새.

그리고 바닥 곳곳에 뿌려져 있는 지워지지 않은 얼룩들이었다.

걷던 도중 새로이 모습을 드러낸 방 내부를 살펴보던 천무진의 표정이 절로 일그러졌다. 피 냄새가 점점 심해지는 것 같더니 이 방의 혈흔은 가벼이 보기 어려울 정도로 지독했다.

방 내부를 살펴보던 천무진은 피가 물든 의자와 바닥에 딱딱하게 굳어 있는 혈흔을 보며 입술을 깨물었다.

'……며칠 안 됐는데.'

자신의 생각이 맞는지 확인하기 위해 천무진은 문을 열려고 했다.

하지만 안쪽에서 잠겨 있는지 문은 열리지 않았고, 천무진은 안으로 들어가기 위해 한쪽에 나 있는 창문 같은 공간을 통해 손을 밀어 넣었다.

안쪽에서 문을 열려고 한 것이다.

손을 집어넣던 천무진은 팔뚝 위쪽에 닿는 뭔가를 느끼고는 그쪽으로 시선을 줬다.

문틈 사이에 있는 뭔가를 발견한 천무진이 손톱을 이용해 그것을 끄집어냈다.

틱.

가벼운 소리와 함께 문틈 사이에 있는 뭔가가 아래로 내려왔고, 이내 그것은 문에 만들어져 있는 창문 같은 공간을 막아 버렸다.

한눈에 봤을 때 별거 아닐 수도 있는 장치.

그렇지만 문제는 그곳에서 빠져나온 칸막이가 무척이나 투명하다는 것이었다.

칸막이를 쳤음에도 반대편의 모습을 살펴볼 수 있을 정도로.

천무진은 투명한 칸막이를 손가락으로 가볍게 두드렸다.

뭐로 만든 건지 모르겠지만 강도가 제법 강해 쉽사리 깨어지지 않을 정도였다.

'이건 뭐지?'

무엇인지는 알 수 없었지만, 하나 확실한 건 굳이 투명한 칸막이를 만든 건 바깥에서 안을 살펴보기 위해서라는 거다. 마치 바깥인 이곳에 서서 안에서 벌어지는 무슨 일을 관찰하기라도 하려는 것처럼.

의문이 깊어졌기에 천무진은 보다 빠르게 움직였다. 내

렸던 칸막이를 올리고는 이내 애초의 목적대로 문 너머의 손잡이를 돌려 방 안으로 들어섰다.

방에 들어간 천무진은 곧바로 의자로 다가가 손가락으로 굳은 피를 어루만졌다.

피는 완전히 응고되어 있었지만…….

주변의 모습까지 확인하자 예상은 확신으로 변했다.

'며칠 전 이곳에서 누군가가 죽었군.'

바닥에 잔뜩 얼룩으로 남아 있는 이 혈흔이 한 사람의 것이라면 이 혈흔의 주인은 죽었어도 이상하지 않다.

천무진은 곧바로 방을 나갔다.

그리고는 서둘러 긴 길을 따라 다시금 움직였다.

점점 진해졌던 피 냄새.

그랬기에 천무진은 확신했다.

금호가 있는 곳이 그리 멀지 않을 것이라고. 그리고 그런 예상은 정확히 들어맞았다.

얼마 움직이지 않아 천무진은 사람들의 기척을 느낄 수 있었다. 벽에 몸을 바짝 밀착한 채로 움직이던 그가 잠시 발걸음을 멈췄다.

'저긴가?'

모습은 보이지 않지만, 한쪽에 위치한 방 안에서 세 사람의 기운이 감지됐다.

그걸 확인한 천무진은 곧바로 몸을 낮춘 채 빠르게 그쪽으로 다가갔다.

그리고는 이내 세 사람이 들어가 있는 방의 문가에 이르자, 오히려 맞은편에 있는 방으로 다가갔다.

슬쩍 문을 당겨 봤고, 다행히도 그곳은 잠겨 있지 않았다.

천무진은 반대편에 있는 금호가 눈치채지 못할 정도로 천천히 문을 조금씩 열고는 그 방 안으로 들어갔다.

곧바로 문을 닫은 천무진은 잠시 몸을 기댄 채로 반대편의 기척을 예의 주시했다.

그리고는 이내 문에 바짝 기댄 그 상태 그대로 몸을 일으켜 세웠다.

스윽.

문 쪽에 나 있는 커다란 창을 통해 맞은편 방 안을 확인하려는 그때였다.

뚜벅뚜벅.

들려오는 걸음걸이 소리에 고개를 들이밀려던 천무진이 서둘러 다시금 몸을 낮췄다.

그러자 곧 반대편 방에서 나온 누군가가 문을 닫는 소리가 들려왔다.

텅.

곧 손가락으로 그 투명한 칸막이를 끄집어내는 소리가 귓가에 울렸다.

그 소리까지 확인하고서야 천무진은 슬그머니 고개를 들어 올렸다. 맞은편에는 걸어 나온 방 내부를 살피고 있는 금호의 모습이 보였다.

그런데 그의 옆에는 함께 이 비밀 장소로 들어온 두 사람의 모습이 보이지 않았다.

허나 그 의문은 곧 풀어졌다.

그가 바라보는 그 투명한 칸막이 너머로 두 사람의 모습이 보였으니까.

그들의 모습을 확인하는 순간 천무진의 의문은 더 커졌다.

'……대체 무슨 꿍꿍이지?'

보이는 건 의자에 앉아 있는 방건과 오자헌이었다.

그런데 둘의 상태가 이상했다.

축 처져 있는 몸을 보아하니 혼절한 것이 자명한 상황, 방 내부에는 어른 주먹 두 개 정도를 붙여 놓은 크기의 향로에서 새하얀 연기가 피어오르고 있었다.

피가 흥건했던 것과는 전혀 연관되지 않는 오묘한 상황에 천무진이 그저 숨을 죽이고 바라보고만 있는 바로 그 때.

금호는 자신의 바로 뒤편에 있는 방에 천무진이 있을 거
라는 건 상상조차 하지 못하며 칸막이 너머를 향해 입을 열
었다.

"일어나라."

목소리를 듣는 순간 천무진이 움찔했다.

금호의 목소리가 평소와 달랐다.

허나 그 놀람이 채 사라지기도 전에 천무진의 눈이 커졌다.

혼절해 있던 방건과 오자헌이 자리에서 일어난 것이다.

그들은 눈을 뜬 채로 맞은편에 있는 상대를 바라보고 있
었다.

그렇지만…….

'평상시 방건의 눈빛이 아닌데?'

억지로 눈을 부라리며 대범한 척하지만, 그의 눈동자에
는 언제나 망설임이 있고, 두려움이 있었다. 허나 지금은
아니었다.

아무런 감정이 느껴지지 않는 시선.

그리고 그 순간 이어지는 금호의 말은 천무진을 놀라게
만들었다.

그가 입을 열었다.

"방건. 지금 네 앞에 있는 그자의 심장을…… 찔러라."

'뭐?'

뒤편에서 몸을 감추고 있던 천무진은 갑작스레 내뱉은 금호의 말에 이해가 안 간다는 듯 인상을 찌푸린 채 상황을 지켜봤다.

갑자기 상대를 죽이라니?

방건은 겉보기와 다르게 유약한 성격이었고, 그런 그가 이런 말도 안 되는 명령을 따를 리 없다 생각했다.

바로 그때였다.

명령이 떨어지는 그 순간 정말 찰나의 망설임조차 없이 방건은 옆에 놓여 있던 단검을 들어 곧바로 오자헌의 심장이 있는 가슴 쪽에 찔러 넣었다.

푹!

동시에 오자헌의 가슴에서 터져 나온 피가 지척에 있던 방건의 얼굴과 손으로 쏟아졌다. 피투성이가 된 채로 방건은 튀긴 피를 털어 내지 않은 채 가만히 서 있었고, 손에 쥔 단검을 계속해서 심장으로 찔러 넣고 있었다.

상대인 오자헌이 숨을 거두며 바닥으로 쓰러졌지만, 그럼에도 불구하고 방건은 단검을 놓지 않았다.

쏟아지는 피가 방건의 전신을 적셨고, 그는 무표정한 얼굴로 상대를 누르고 있기만 했다.

제아무리 살인귀라 할지라도 살인에 이처럼 무덤덤할 수는 없다.

흡사 허수아비를 찌르고 있는 것처럼 무감정한 모양새는 충격적일 수밖에 없었다.

눈으로 직접 보고도 믿을 수 없는 이 광경을 천무진은 그저 멍하니 바라보기만 할 수밖에 없었다.

그런 그의 정신을 돌아오게 한 건 앞쪽에 있던 금호였다.

짝짝.

"좋아, 아주 좋아!"

박수 소리와 함께 터져 나온 탄성.

이 모든 광경에 흡족한 미소를 짓고 있는 금호의 모습을 보며 불현듯 며칠 전 단엽이 잡아 온 양휴에게서 들었던 말이 떠올랐다.

골목길 안에서 몇 차례고 뺨을 맞았음에도 무감정한 얼굴로 서 있었다던 사내.

그리고 지금 그 사내와 상대의 심장에 아무렇지 않게 단검을 꽂아 넣고 있는 방건의 모습이 겹쳐 보이고 있었다.

'……이거였구나.'

천무진은 알 수 있었다.

금호가 하고 있는 짓이 무엇이었는지.

그리고 지금 이 일이 전생에서 조종당했던 자신의 모습과 어떠한 연관이 있을 거라는 확신도 들었다.

속으로 이를 갈던 천무진의 손이 천천히 허리춤으로 향

했다.

거리는 지척이었고, 지금 이 상황이라면 문에 있는 창을 통해 곧바로 검을 쑤셔 넣을 수 있었다.

그렇게만 된다면 금호는 반항조차 하지 못하고 죽을 것이다.

과거의 기억이 떠오르며 참을 수 없는 분노에 휩싸인 천무진의 손이 막 검을 뽑아 들려는 그 찰나.

덜컹.

금호가 문을 열고는 방 안으로 들어섰다.

그는 소매로 입가를 가린 채 안으로 들어가 이내 죽어 있는 오자헌을 누르고 있던 방건을 발로 툭툭 찼다.

"됐어, 죽었으니까 좀 비키라고."

금호의 명령이 떨어지자 그제야 방건은 단검에서 손을 떼고는 옆으로 물러섰다.

그러자 금호는 슬쩍 몸을 숙여 오자헌의 상태를 살폈다.

심장에 정확하게 틀어박혔으니 당연히 즉사였다.

가슴에 박혀 있는 단검을 보며 금호가 슬며시 미소를 짓고는 중얼거렸다.

"부관주, 이건 내가 주는 선물이니 잘 받으라고."

사실 지금 오자헌의 심장에 박힌 이 단검은 부관주 여청의 것이었다.

실험의 뒤처리도 할 겸 자신에게 이를 드러낸 그에게 죄를 뒤집어씌울 수 있기까지 하니 이거야말로 일석이조였다.

　말을 마친 금호의 시선이 옆에 주저앉아 있는 방건에게로 향했다.

　여전히 무뚝뚝한 표정으로 자리하고 있는 그의 얼굴을 금호가 손바닥으로 움켜잡았다.

　턱을 쥔 금호는 방건의 얼굴을 좌우로 돌리고는 가볍게 혀를 찼다.

　"쯧, 일회용도 안 되는군."

　말을 마친 금호는 자리에서 일어났다.

　그리고는 옆에 놓여 있는 자루 위에 죽은 오자헌의 시신을 올렸다.

　이동하는 동안 피가 바닥에 흐르지 않게 조치를 취한 그가 시신이 담긴 자루를 끌고 방 바깥으로 걸어 나왔다.

　아마도 그 시신을 사람들이 발견할 수 있는 장소로 가져다 두려는 듯했다.

　그곳을 나오기 무섭게 아직까지 연기가 피어오르는 방문을 팍 하고 닫은 금호는 곧바로 비밀 통로의 입구 쪽으로 나아갔다.

　그렇게 금호의 모습이 사라졌을 그 무렵.

천무진이 문을 열고 걸어 나왔다.

사람을 조종하는 이 더러운 수법, 그리고 조종만 당하며 살아왔던 과거 자신의 삶!

이 모든 것의 시작에 그가 있었을지도 모른다는 생각이 들자 천무진의 얼굴은 마치 나찰과도 같이 무섭게 변했다.

'금호!'

당장이라도 달려가 놈의 목을 비틀어 버려야만 이 속이 풀릴 성싶었다.

막 자리를 박차고 비밀 통로 바깥으로 나간 금호를 뒤쫓으려던 천무진, 그렇지만 그때 그의 눈가에 연기가 가득한 방 안에 홀로 앉아 있는 방건의 모습이 보였다.

멍하니 앉아 있는 그의 모습을 보면서도 애써 무시하며 앞으로 두어 걸음 내디딘 천무진이었지만…….

멈칫.

"……젠장!"

입으로 거친 욕설을 내뱉으며 천무진이 몸을 돌렸다. 그리고는 곧바로 방건이 갇혀 있는 방의 문을 열어젖혔다.

연기가 훅 하고 밀려 나왔고, 천무진은 미간을 찡그렸다.

몸 안으로 정체 모를 기운이 스며들었지만, 천무진의 내력을 뚫기엔 무리였다.

곧바로 그 기운을 밀어낸 천무진은 성큼 안으로 걸어 들어가 옆에 있는 보자기를 들어 연기가 쏟아져 나오는 향로를 덮어 버렸다.

그리고는 곧바로 앉아 있는 방건을 향해 다가갔다.

천무진이 입을 열었다.

"괜찮으십니까?"

말을 내뱉으며 몸을 굽힌 천무진은 자리에 앉아 있는 방건의 상태를 확인했다. 얼굴 곳곳에는 새파랗고 붉은 핏줄들이 당장이라도 터질 것처럼 부풀어 올라 있었다.

얼굴은 점점 붉게 변해 갔고, 손가락 끝은 거멓게 물드는 중이었다.

천무진은 황급히 그의 몸 상태를 확인했다.

내력을 조금 흘려보내자 곧바로 지금 방건의 상태가 좋지 못하다는 걸 알 수 있었다.

기혈이 완전히 뒤틀리고 있는 중이었다.

덩달아 내공도 사방으로 날뛰고, 이 상태가 유지되면 몸 안의 오장육부가 모두 녹아내려도 이상할 것이 없었다.

들끓는 기혈을 어느 정도 잡을 수 있도록 천무진이 도움을 줄 수는 있었지만, 그러기 위해서는 우선 방건이 정신을 차려야만 했다.

서둘러 정신을 차리게 해야만 했기에 천무진이 방건의 어깨를 잡고 흔들었다.

"선배! 정신 차리셔야 합니다. 선배!"

천무진이 내공으로 우선 어느 정도의 기운을 몰아내 준 상황, 그럼에도 불구하고 방건은 정신을 차리지 못하고 있었다.

어깨를 잡고 흔드는 그 상태 그대로 흔들리기만 하던 그의 입가에서 피가 주르륵 흘러나왔다.

몸 안의 장기가 상하기 시작한 것이다.

그걸 보는 순간 천무진이 화가 난다는 듯 멱살을 움켜쥐며 버럭 소리를 내질렀다.

"어이 방건!"

방건을 일으켜 세운 천무진의 손바닥이 그의 뺨을 강하게 때렸다.

짜악!

목이 홱 돌아갈 정도로 강한 일격이었다.

볼이 순식간에 부어올랐고, 입에선 피가 터져 나왔다.

이대로 뒀다가는 죽을 것이 자명한 순간, 조금의 확률이라도 정신을 차릴 수 있도록 뺨을 때린 것이다.

천무진이 멱살을 쥔 채로 벽에 밀어붙인 뒤 그 상태 그대로 소리쳤다.

"정신 차려! 그렇지 않으면 지금…… 죽는다!"

천무진의 고함에 어디를 보는지 알 수 없던 방건의 눈에 서서히 초점이 돌아오고 있었다.

그가 더듬거리며 말했다.

"무, 무진아."

천무진의 이름을 부르던 방건의 입에서 새카만 피가 한 사발은 될 정도로 쏟아져 나왔다.

"컥컥!"

잔뜩 피를 토해 낸 그가 부들부들 떨며 입을 열었다.

"나, 나 이대로 죽는……."

"시끄러우니까 그 입 다물어."

말을 마친 천무진이 멱살을 움켜쥔 채 그를 강제로 바닥에 앉히고는 곧바로 등 뒤에 가서 자리했다. 그리고는 이내 짧게 말했다.

"내가 살려 줄 테니까."

8장. 첫 사냥감 —
어이!

  곧바로 방건의 뒤에 자리한 천무진은 손을 뻗어 그의 등
에 가져다 댔다.

  은은하게 퍼져 나오기 시작한 힘이 방건의 몸 안으로 스
며들었다.

  시간이 얼마 없었다.

  '서둘러야 해.'

  방건의 몸 상태도 문제였고, 혹시나 나간 금호가 돌아올
지도 모른다. 그랬기에 천무진에겐 시간적 여유가 없는 상
태였다.

  상태가 조금만 좋았다면 데리고 나가서 치료를 했겠지

만, 지금은 그럴 수 있는 상황이 아니었다.

우선은 몸 안에 있는 이 기운을 밀어내고, 또 들끓는 기혈을 잡아야 한다.

방건의 몸 안으로 들어간 천무진의 내력이 장태혈(將台穴) 부근에 뭉쳐 있는 독기를 부드럽게 위로 밀어 올리기 시작했다.

덩달아 그 고통에 방건의 코에서는 새카만 피가 줄줄 흘러나왔다. 그것이 너무 힘들었는지 방건의 몸이 절로 앞으로 무너져 내리려 할 때였다.

천무진이 소리쳤다.

"정신 차려!"

그 외마디 고함이 쓰러지려는 방건의 몸을 다시금 버티게 만들었다.

허나 고통은 그 한 번이 끝이 아니었다.

장태혈에서 시작한 고통이 이내 전신 곳곳에 있는 혈도를 타고 퍼져 나갔다.

몸 안에서 폭탄이 터지는 것 같은 충격이 연신 밀려 나왔고, 이는 방건의 정신을 점점 혼미하게 만들었다. 하지만 그 순간 들려온 천무진의 목소리.

"여기서 죽고 싶다면 포기해. 하지만 살고 싶다면, 살아야 할 이유가 하나라도 있다면…… 버텨. 그건 내가 아닌

네가 해야 할 일이다."

버티라는 그 말.

왜일까?

그 한 마디에 방건은 다시금 주먹을 움켜쥐었다.

부들부들 떨리는 몸, 당장이라도 끊길 것 같은 정신을 부여잡은 채로 방건은 계속해서 버티기 시작했다.

세상에 이름을 떨치는 무인은 아니라고 해도 그 또한 무림맹에 들어올 정도의 실력은 갖추고 있는 사내였다.

그런 그가 지금 천무진이 어떠한 노력을 하고 있는지 모를 리가 없었다.

그리고 또 한 가지 알았다.

지금 등 뒤에 있는 이는 여태까지 자신이 알아 온 사내가 아니라는 것도…….

긴 고통의 시간이 끝나고 이내 방건의 입에서 재차 검은 피가 주르륵 흘러나왔다. 하지만 이번엔 그리 고통스럽지 않았다. 오히려 막혔던 숨이 뻥 뚫린 것처럼 시원한 기분이었다.

"파아!"

방건이 거칠게 숨을 토해 내는 그 순간 등 뒤에 있던 천무진도 자리에서 일어났다.

"임시방편으로 치료는 끝났어. 하지만 완벽히 치료를 하려면 실력 있는 의원의 도움이 필요할 거야."

숨을 되돌렸고, 독 기운도 밀어내긴 했지만 상한 장기와 몸을 회복하는 건 천무진이 해 줄 수 있는 일이 아니었다.

우선은 살아 있는 상태로 이곳을 빠져나가게 해 주는 것. 그것이 지금 천무진이 해 줄 수 있는 전부였다.

"……고맙다, 무진아."

방건이 말을 끝내기 무섭게 천무진이 고개를 저으며 대꾸했다.

"인사는 됐어. 시간 없으니 서두르지."

가짜 신분으로 방건의 앞에서 하던 연기가 더는 필요 없다 생각한 천무진의 말투는 원래의 그가 쓰던 것으로 돌아가 있었다.

자연스러운 하대였지만 방건은 그저 고개만 끄덕였다.

그가 자리에서 힘겹게 일어섰지만 이내 비틀거리며 바닥에 쓰러지려고 했다. 그런 방건을 천무진이 한쪽 팔로 부축하며 물었다.

"못 걷겠어?"

"미, 미안 도저히 다리에 힘이……."

중얼거리는 방건을 보며 천무진은 입술을 꽉 깨물었다. 그리고는 이내 그를 부축한 상태로 걸음을 옮기며 말했다.

"여긴 위험하니 우선 바깥으로."

말을 마치고 막 걸음을 옮기며 천무진이 궁금했던 것을 물었다.

"무슨 일이 있었던 건지 기억나?"

"⋯⋯."

천무진의 질문에 방건이 움찔했다.

그 반응만으로도 이미 대답은 들은 것과 다름없었다. 머뭇거리던 방건이 이내 답했다.

"⋯⋯정확히는 아니고 아주 어렴풋이."

말을 내뱉는 그가 자신의 손을 내려다봤다.

붉게 물든 손, 그리고 이 피가 어떠한 것인지도 생생히 기억난다. 동시에 그의 안색이 파랗게 질려 갔다. 반항조차 하지 않고 서 있는 상대의 심장에 검을 찔러 넣었다.

아무런 원한도 없는 상대를 그저 누군가의 죽이라는 말 한 마디만을 듣고 말이다.

제아무리 무인이라고 한들 감당할 수 없는 충격.

힘겹게 대답을 하는 방건의 말을 들으며 천무진은 그저 고개를 끄덕였다. 기억이 난다는 것도 과거의 삶에서 자신이 겪었던 일과 같다는 사실을 알게 되었으니까.

뭔가에 대해 이야기를 꺼내려던 천무진이 갑자기 입을 닫았다.

그리고는 손가락을 들어 올리며 조용히 하라는 시늉

해 보였다.

멀리 떨어진 비밀 통로의 입구. 그렇지만 이미 천무진은 알고 있었다.

곧 저곳의 계단을 통해 누군가가 나타날 것이라는 사실을.

'귀찮게 됐군.'

천무진은 서둘러 주변을 둘러봤다.

외길인 비밀 통로다 보니 딱히 숨을 곳은 없었다. 그나마 양옆에 있는 방들이 있긴 했지만…….

'숨어도 곧 들통날 텐데.'

지금 들어서는 자는 금호일 확률이 높고, 그렇다면 그는 곧바로 방건이 있었던 방으로 갈 것이다. 그렇게 되면 방건이 사라졌음을 알 것이고 곧바로 뛰쳐나올 것은 자명했다.

그리고 이미 이 정도 사실까지 알게 된 지금, 천무진 또한 굳이 피할 생각은 없었다.

더군다나 이 비밀 공간 안에 아직 못 본 장소들도 꼼꼼히 확인하고 싶은 상황. 좁은 지하도 내부에서 싸우는 건 피해야만 했다.

천무진은 금호가 나타나기 전에 서둘러 숨을 장소를 물색하기 시작했다.

빠르게 옆에 있는 문들을 둘러봤고 다행스럽게도 세 번째 확인했던 곳이 열려 있었다. 천무진은 곧바로 안으로 들어가서 몸을 낮췄고, 방건에게도 조용하라는 수신호를 보냈다.

자그마한 기척이라도 냈다가는 금호에게 곧바로 들통이 날 거라는 사실을 잘 알았기 때문이다.

방건이 숨조차 멈추고 있는 그때 둘이 숨어 있는 방 앞으로 누군가가 지나쳐 갔다.

슬쩍 위쪽을 응시하고 있던 천무진은 상대의 얼굴을 확인할 수 있었다.

예상대로 지금 나타난 자는 돌아온 금호였다.

벽에 바짝 붙은 채로 천무진은 그의 걸음걸이를 듣고 있었다.

이 지하 공간의 크기와 방금 전 그 방까지의 거리도 염두에 둔 채로.

천무진은 정확하게 계산을 하기 시작했다.

지금 이곳부터 사건이 벌어졌던 방까지는 얼추 백 보, 그렇다면 들키지 않고 나가려면 이십여 발자국 정도를 더 걸은 후에 움직여야만 했다.

잠시 상대의 걸음 소리를 듣고 있던 천무진이 이내 옆에 있던 방건을 부축하고 움직였다.

스윽.

문을 연 그가 쏜살같이 바깥으로 빠져나가더니, 이내 금호가 들어선 비밀 통로 쪽으로 움직였다.

그렇게 천무진이 방건을 데리고 바깥으로 움직이는 바로 그때.

금호 또한 막 목적지에 도착하고 있었다.

평온한 얼굴로 걸어 들어서던 그의 얼굴이 방 내부의 모습을 확인하자 순식간에 일그러졌다.

"……뭐야?"

분명 이 안에서 죽어 있어야 할, 아니면 고통 속에서 죽어 가고 있어야 할 방건이 없었기 때문이다.

놀란 금호가 황급히 방 바깥으로 뛰어나왔다.

그가 주변을 두리번거렸다.

가장 가까운 몇 개의 방을 살폈지만 방건의 흔적이 보일 리 만무했다. 주변을 뒤지는 금호의 표정이 점점 굳어 갔다.

"망할, 혹시 이 새끼가 바깥에 나간 거면……."

상상만으로도 끔찍한 상황이다.

오자헌의 시신을 처리하기 위해 나가기 직전 봤던 방건의 상태, 분명 그건 최악이었다. 일각을 못 버티고 죽을 거라는 확신은 있었지만 두 눈으로 확인하기 전까지 안심할 수는 없었다.

바깥에 나갔더라도 근처에서 죽어 있다면 그나마 다행이지만 만약 자신의 거처를 나가 인근에서 행패라도 부렸다면 일이 복잡해질 수도 있다.

어떻게든 그 전에 직접 처리를 해야 했기에 금호는 서둘러 걸음을 옮기기 시작했다.

혹시 안에 있을 수도 있긴 했지만 그렇게 되면 애초에 큰 문제는 벌어지지 않을 터.

우선은 최악의 상황을 막기 위해 바깥부터 확인하기로 마음먹은 것이다.

단번에 비밀 통로의 입구로 뛰어온 그가 바깥으로 걸어나왔다.

혹여 모를 상황을 대비해 비밀 통로의 입구까지 다시금 막아 둔 금호가 막 창고의 바깥으로 걸어 나왔을 때였다.

그리 멀지 않은 정면에 한 사내가 자리하고 있었다.

방금 전 숨겨진 그곳에서 빠져나온 천무진이 금호를 기다리고 있었던 것이다.

그가 창고 바깥으로 나오는 금호를 확인하기 무섭게 버럭 소리쳤다.

"어이, 금호!"

갑자기 들려온 자신의 이름에 그가 움찔하며 소리가 들

려온 정면을 응시했다.

그곳에 있는 천무진을 확인한 금호가 작게 목소리를 흘렸다.

"너는……?"

어찌 저 얼굴을 모를까.

자신이 관리하는 홍천관의 무인이자 며칠 전 자신에게 큰 도움을 주기도 한 자다.

저자 덕분에 여청의 계략에서도 간신히 최악의 경우는 피하지 않았던가.

그랬던 자가 지금 자신의 이름을 소리 높여 외치고 있었다.

지금 이 상황을 금호는 쉽사리 납득하기 어려웠다.

분위기가 좋지 않게 흘러감을 느끼면서 그가 물었다.

"대체 네놈이 왜 여기에 있는 거지?"

"왜겠어."

천무진이 쥐고 있던 돌멩이를 휙 하고 그를 향해 던졌다. 넓적한 돌이 빠르게 날아들었지만, 애초부터 치명상을 노린 일격이 아니었기에 금호는 어렵지 않게 피해 냈다.

그의 어깨 부분을 휙 스쳐 지나간 돌이 이내 창고의 벽에 틀어박혔다.

팍!

창고에 박힌 채로 돌이 부르르 떨렸다.

금호가 힐끔 고개를 돌려 돌을 바라보고 있는 그때 천무진이 여유 있는 어투로 말을 이어 나갔다.

"널 박살 내 주려고."

돌멩이를 날린 것에 뒤이어 내뱉은 말까지.

애초에 자신의 이름을 버럭 내지르며 나타날 때부터 적이라는 걸 직감했지만 그 이후의 상황들을 보니 보다 확실해졌다.

금호는 슬쩍 주변을 둘러봤다.

다행히도 적은 지금 눈앞에 보이는 하나가 전부인 듯싶었다.

금호가 물었다.

"방건 그놈을 네가 데리고 갔느냐?"

"맞아."

"돌려주지 그래? 그렇게 되면 네놈 목숨을 살려 줄지 한 번 고민 정도는 해 볼 수 있을 거 같은데. 시간이 별로 없으니 선택은 빠르게 해 줬으면 하는데 말이야."

어깨를 으쓱하며 말을 내뱉는 금호를 향해 천무진이 비웃음을 흘리며 말을 받았다.

"어지간히 신경 쓰이는 모양이군. 왜? 들통나면 안 될 일이라도 있는가 보지?"

"그럴 리가. 어차피 죽은 시신 가지고 그리 복잡하게 생각할 이유는 없잖아?"

여유 있는 척하는 금호를 향해 천무진이 말했다.

"그럼 이러면 어떨까? 그 녀석이 살아 있다면?"

"……뭔 개소리야."

"미안하지만 방건 그 녀석 살아 있거든. 어때? 이제 좀 너한테 위협이 되겠어?"

"작작 지껄여! 그놈은 이미 죽었어! 감히 누굴 가지고 장난질이야?"

금호가 화를 참지 못하고 소리를 내질렀다.

그런 그를 향해 천무진이 태연히 말을 받았다.

"죽긴 누가 죽어. 죽는 건 그 녀석이 아니라…… 너지."

말을 내뱉는 천무진을 보며 금호는 이를 부득부득 갈았다. 흘러가는 이 모든 일들의 모양새가 마음에 들지 않았다.

사라져 버린 실험체, 그리고 갑자기 나타난 정체불명의 적까지.

금호가 물었다.

"너 누구냐? 그냥 일개 홍천관 무인은 아닐 거 아니야."

고작 그냥 그런 무인 정도가 지금 자신을 이런 궁지로 몰아넣었을 리가 없다. 그 배후엔 분명 누군가가 있을 것이다.

문득 생각나는지 그가 한 사람을 거론했다.

"설마 부관주가 시켰냐?"

"그럴 리가. 그런 놈 때문에 움직일 정도로 내가 우스워 보였나 보군그래."

"좋아. 네가 누군지는 내 앞에 무릎 꿇리고 들어 보면 될 일. 뭐…… 살아 있다면 말이지."

말과 함께 금호가 먼저 움직였다.

미리 손가락을 꿈틀거리고 있던 그가 재빠르게 소매 속에 감추어 두었던 암기를 쏟아 냈다.

파라라락!

적에게 날아드는 수십 개의 비수, 이 일격이면 충분하다 생각했다.

내공이 실린 비수들은 하나하나가 무척이나 매섭게 날아들고 있었다.

천무진은 날아드는 비수를 보며 차고 있던 검에 손을 가져다 댔다.

검이 쏜살같이 뽑혀져 나왔다.

번쩍!

검이 모습을 드러내는 것과 동시에 서늘한 검기가 바람에 휘날리는 꽃잎처럼 사방을 뒤덮었다.

스스슥!

천무진을 향해 날아들던 모든 암기들은 곧바로 곤두박질 쳤고, 덩달아 남은 검기들이 폭풍처럼 금호를 향해 밀려들었다.

놀란 그가 황급히 자신의 검을 뽑아 들었다.

콰드득!

검기를 가까스로 받아 낸 손목이 비틀렸다.

동시에 검집은 박살이 나서 떨어져 내렸고, 뒤편에 있던 창고의 일부와 인근에 있던 다른 건물 또한 완전히 산산조각이 나며 터져 나갔다.

쿠웅!

등 뒤편으로 커다란 돌들이 비처럼 쏟아져 내렸다.

금호의 안색이 딱딱하게 변했을 그때였다.

"말했지, 새끼야."

괴로웠던 과거의 삶에, 원흉 중 하나일 자.

그랬기에 천무진에게서는 말로 형용하기 힘들 정도의 살기가 터져 나왔다.

분노에 찬 그에게서 스멀스멀 섬뜩한 기운이 밀려들기 시작했다. 한 걸음 다가서며 천무진이 재차 입을 열었다.

"박살을 내 준다고."

　　　　✳　　　✳　　　✳

　천무진과 마주한 금호의 머리는 복잡했다.

　뿜어져 나오는 살기가 주변을 꽁꽁 얼어붙게 만들고 있다.

　날고 긴다는 무림의 후기지수들이 즐비한 무림맹에 오랜 시간 몸담아 왔던 금호다.

　그런 그조차도 이토록 젊은 나이의 무인에게서 이 같은 기운이 쏟아져 나오는 건 경험해 본 적이 없었다.

　그만큼 눈앞에 있는 상대가 특별하다는 소리였다.

　그리고 비단 뿜어져 나오는 기운뿐만이 아니라, 자신의 공격을 막아 내며 동시에 주변을 휩쓸어 버린 검기 또한 보통 수준이 아니었다.

　상대가 누구인지 모른다.

　자신이 아는 건 그저 무진이라는 이름뿐.

　하지만 과연 그게 진짜 이름일까?

　홍천관에 들어와선 안 될 실력자였고, 또 이렇게 자신의 앞을 막아섰다.

　이름도 가짜일 공산이 컸지만, 지금 중요한 건 그가 자신이 이해하기 어려울 정도로 짙은 살의를 뿜어낸다는 거다.

　마치 엄청난 원한을 지닌 것처럼.

기억을 아무리 더듬어 봐도 비슷한 얼굴조차 떠오르지 않는데…….

상대가 누구인지 모르지만 확실한 건 하나 있다.

'치잇, 일이 더럽게 꼬였군.'

이기고 지고를 떠나 피해를 볼 수밖에 없는 상황이다.

피해는 이미 기정사실화된 상황, 어떻게든 손실을 최소화하는 것이 지금 할 수 있는 최선이었다.

그리고 그러기 위해서는 우선 지금 눈앞에 있는 저자를 어떻게든 죽여야 했다.

상대를 죽이고, 사라진 방건을 찾아야 한다.

자신이 이곳에서 벌인 비밀스러운 실험이 세간에 알려져서는 절대 안 됐으니까.

다만 문제는 상대가 그리 녹록지 않아 보인다는 점이다.

아직까지도 얼얼한 손과 산산조각이 나 있는 주변의 풍경이 그걸 증명하고 있었다.

금호는 슬며시 옆으로 걸음을 옮기며 입을 열었다.

"날 박살 내겠다고? 아서라, 애송아. 네가 감당할 수 없는 일이 벌어질 테니까."

왠지 모를 의미심장한 말.

그렇지만 그 말을 들은 천무진은 아무렇지 않게 답했다.

"왜? 네 뒤에 있는 그들을 믿고 까부는 건가?"

천무진의 말에 금호가 움찔했다.

자신의 뒤에 누군가가 있다는 걸 정확히 알고 있는 듯한 말투였기 때문이다.

허나 그럴 리가 없었다.

그들의 존재를 어찌 저런 자가 알 수 있단 말인가!

금호가 떨리는 목소리로 말했다.

"너…… 어디까지 아는 거냐?"

"글쎄. 적어도 네가 예상하는 것보다는 훨씬 많이?"

말을 내뱉는 천무진을 향해 금호가 천천히 자세를 잡기 시작했다. 그가 검에 내공을 불어넣으며 입을 열었다.

"아무래도 네놈, 죽어야 할 이유가 하나가 아니로구나."

"어쩌나. 날 죽이기엔 네 상태가 영……."

피식 비웃음을 흘리며 대꾸하는 천무진의 말투에 금호는 이를 꽉 깨물었다. 금호가 분에 찬 목소리로 말을 이어 나갔다.

"넌 상대를 잘못 골라도 한참은 잘못……."

"아, 진짜 언제까지 떠들 거야. 그 입부터 박살을 내 줘야 하나."

천무진이 말과 함께 금호의 입이 있는 방향 쪽으로 검을 겨눴다. 상대방의 도발적 행동에 금호의 얼굴이 붉게 변했다.

"이놈!"

고함과 함께 금호의 신형이 순식간에 뻗어져 나왔다.

카카캉!

어깨부터 해서 밀고 들어오는 공격을 받아 낸 천무진과 금호의 거리는 무척이나 가까웠다.

서로 검을 맞댄 채로 허공에서 둘의 시선이 뒤엉켰다.

순식간에 좁혀진 거리에서 금호의 주먹이 틈을 비집고 들어왔다.

어깨에 가려진 채로 스리슬쩍 움직인 주먹이 천무진의 옆구리를 노린 것이다. 그렇지만 막 닿기 직전 그의 주먹이 무엇인가에 정확하게 막혔다.

쩌엉!

몸으로 슬쩍 가린 뒤 보이지 않는 각도로 주먹을 욱여넣는 건 별거 아닌 것으로 보일 수도 있었지만, 경험에서 우러나오는 노련함이었다.

자그마한 차이로 생사를 오갈 수 있는 무인들의 싸움에서 그 경험이란 결코 무시할 수 있는 게 아니었다.

당연히 이번 일격 역시 치명상은 주지 못해도 어느 정도 타격은 충분히 가할 수 있다 여겼다.

그렇지만 그런 금호의 생각은 완전히 틀어졌다.

슬쩍 내뻗었던 주먹이 깨질 듯이 아팠다.

그의 공격을 받아 낸 것, 그건 다름 아닌 천무진의 주먹이었다.

뻗어 오는 주먹에 마찬가지로 주먹으로 맞대응한 것이다.

같은 주먹끼리 부닥쳤거늘 상태는 극과 극이었다.

너무도 멀쩡한 천무진과는 달리, 금호는 손가락부터 해서 팔목까지 모든 뼈가 으스러진 것만 같은 충격을 받은 상황이었다.

그리고 그건 결코 과한 생각이 아니었다.

실제로 지금 왼손 손가락 뼈마디의 절반 이상이 아작 나 버렸으니까.

"크윽."

믿기지 않는 충격에 입에서는 절로 신음 소리가 흘러나왔다.

허나 손을 추스르기엔 둘의 거리가 너무 가까웠기에, 어떻게든 상태를 확인하려는 듯 금호는 어깨로 강하게 천무진을 밀치려 들었다.

금호가 조금 더 밀착하려는 순간, 몸의 균형이 앞으로 향하는 걸 느끼기 무섭게 천무진의 주먹이 그의 얼굴을 후려쳤다.

놀란 금호가 황급히 어깨를 위로 올리며 주먹을 막아 내려 했지만 완벽한 방어는 불가능했다.

어깨를 스치며 얼굴에 꽂힌 일격.

빠악!

고개가 돌아가는 것과 동시에 그의 몸이 팽이처럼 회전하며 뒤로 날아가 틀어박혔다. 무너져 있던 건물의 잔재들 사이에 처박힌 그가 입 안에 고인 피를 거칠게 토해 냈다.

"퉤!"

정신이 혼미할 정도로 어지러운 상황이었지만 그 와중에서도 뱉어 낸 핏속에 섞인 하얀 이들이 보였다.

혓바닥으로 다급히 이가 있었던 자리를 훑어 봤지만…… 있어야 할 것들의 절반 가까이가 느껴지지 않았다.

"으으으으!"

금호가 자리에서 벌떡 일어났다.

그는 실성한 사람처럼 눈을 희번덕거렸다.

동시에 그의 몸 주변으로 폭풍처럼 내공이 요동쳤다.

파바바박!

부서져 있던 자잘한 돌들이 흩날리는 그때 금호가 다시금 달려들었다. 그의 검에 맺힌 검기가 폭발하듯 쏟아져 나왔다.

천무진 또한 기다렸다는 듯 그쪽을 향해 검을 휘둘렀다.

금호가 날린 것과 똑같은 숫자의 검기, 서로의 공격이 허공에서 충돌했다.

허나 이번에도 결과는 같았다.

천무진의 검기가 금호의 것을 완전히 집어삼키며 그대로 맞은편에 있는 그에게 날아든 것이다.

황급히 호신강기를 일으키며 날아드는 공격을 받아 내 봤지만…….

검기를 막아 내는 순간 그 뒤편에서 날아든 하나의 빛줄기가 호신강기를 뚫고 정확하게 가슴에 틀어박혔다.

그의 몸이 방금 전 틀어박혔었던 곳 너머까지 나뒹굴었다.

"우웩."

바닥에 엎어진 채로 금호는 재차 피를 쏟아 냈다.

가슴뼈가 함몰이 되었는지 숨을 쉬는 것조차 버거웠다.

분명 기회가 있음에도 천무진은 가만히 서서 금호를 기다렸다.

힘겹게 몸을 일으켜 세운 금호가 손에 들린 검을 거꾸로 움켜잡았다.

그러고는,

쒜엑!

천무진을 향해 검을 냅다 집어던진 그가 그 뒤로 재빠르게 달려들었다.

카앙.

검을 쳐 내는 순간 허공으로 치솟은 금호의 모습이 천무진의 눈에 들어왔다.

순식간에 날아오른 그가 천무진의 얼굴을 향해 발을 움직이고 있었다.

단 한 번의 발길질이 순간적으로 수십 개의 환영을 만들어 냈다.

금호가 자랑하는 각법인 낙풍각(洛風脚)이었다.

파바박.

수많은 환영들 속에서 현묘하게 움직이는 그의 발. 그리고 그 순간 천무진이 갑자기 빈 허공을 향해 자신의 발을 올려 쳤다.

팡!

놀랍게도 천무진의 발이 향한 전혀 뜻밖의 장소로 금호의 발이 움직이고 있었다.

현묘한 변화였지만, 천무진은 이미 한 수 앞을 내다보고 있었던 것이다.

덕분에 정확히 종아리 부분을 가격당한 금호의 몸은 허공에서 균형을 잃으며 그대로 한 바퀴 빙글 돌면서 바닥에 곤두박질쳤다.

쾅.

문제는 그냥 발길질에 한 번 당했다는 정도로 그칠 상황이 아니었다는 거다.

다리뼈가 으스러졌다.

바닥에 쓰러진 금호는 부서진 오른쪽 다리를 움켜쥔 채로 비명을 질렀다.

"크아악!"

그때 그의 얼굴에 짙은 그늘이 드리워졌다.

다름 아닌 천무진의 손바닥이었다.

빠악!

손바닥이 그의 턱을 후려쳤다.

금호의 몸이 그대로 땅에 처박히고야 말았다.

바닥에 엎어진 채로 그가 부들부들 떨었다. 그런 금호를 내려다보며 천무진이 입을 열었다.

"아, 아직 물어볼 게 있어서 입은 놔둬야 되는데 큰일 날 뻔했네."

그 한마디에 금호는 알 수 있었다.

'이 새끼…… 날 가지고 놀고 있다.'

주먹엔 주먹으로, 검기엔 검기로. 그리고 각법을 펼치자 기다렸다는 듯 발을 날렸다. 그 대가는 매번 똑같았다.

팔뼈에 갈비뼈, 그리고 다리뼈까지.

박살을 내 주겠다고 했던 그 말을 이런 식으로 증명할 거라고는 상상조차 하지 못했다.

치미는 고통은 지금 이 상황이 꿈이 아니라 말하고 있었지만 그럼에도 불구하고 금호는 믿을 수가 없었다.

무림을 뒤흔드는 고수는 되지 못한다 해도 무림맹의 관 하나를 맡을 정도의 실력자는 되는 자신이다. 그런 자신이 제대로 된 일격 하나 성공시키지 못하고 이런 꼴이 되어 버렸다.

그것도 이토록 젊은 사내에게.

그때 천무진이 여전히 엎드린 채로 미동조차 하지 못하는 금호를 향해 몸을 숙였다.

그러고는 곧바로 그의 턱을 움켜잡아 추켜올렸다.

"큭."

힘겹게 열린 입 안은 피로 엉망이었다.

거기에 이도 반 가까이 나가 버려 몰골이 말이 아니었다.

그런 금호를 마주한 채로 천무진이 물었다.

"방금 네 녀석이 만들어 실험한 물건. 어디다 쓰려던 거지?"

방건과 오자헌을 조종했던 그 연기.

미혼향의 일종으로도 보이긴 했지만, 마취를 시키는 것이 아니라 심령을 조종하는 것 같았던 모습이 섭혼술을 연상케 했다.

과거 자신의 모습을 연상케 하는 상황이 벌어졌다.

천무진이 찾는 그들과 모종의 관계가 있는 금호가 벌인 일, 자신이 당했던 것과 별개의 일이 아닐 거라는 확신이 있었다.

물어 오는 천무진을 향해 금호가 힘겹게 대꾸했다.

"내가…… 말할 성싶더냐."

열린 입으로 피와 침이 섞여 주르륵 흘러내렸다.

독기 가득한 시선이 천무진에게 틀어박혔다. 허나 대답을 들은 천무진은 의외로 담담했다.

적어도 자신을 조종했던 그들과 관련이 있는 자라면 고작 이런 협박에 입을 열 거라고는 생각지 않았으니까.

천무진이 상대해야 할 그들은 그런 어중이떠중이를 이용할 정도로 허술하지 않았다.

스스로의 목숨을 끊으면서까지 비밀을 지킬 자들.

보다 많은 걸 들을 수 있었다면 좋았겠지만 애초에 그것까지는 바라지 않았다.

그리고 금호가 알고 있는 건 자신이 찾는 그들의 아주 극히 일부일 확률도 컸다.

욕심은 났지만 천무진은 그런 자신의 마음을 다잡았다.

이제 시작이다.

이 한 걸음에 많은 걸 얻을 수는 없는 노릇이다.

우선은 금호를 통해 알게 된 몇 가지 사실들.

그것으로 만족해야 했다.

천무진이 쥐고 있던 턱에서 손을 놓고는 어깨를 으쓱했다.

"말하지 않을 거라곤 생각하고 있었어. 내가 알아내지 뭐. 그러려고 이곳까지 온 거기도 하니 말이야. 널 시작으로 해서 너와 관련된 그놈들을 모조리 다 찾아낼 생각이거든. 사람의 목숨을 가지고 실험을 하던 넌 죽어도 싼 놈이지만, 그래도 네 덕분에 그들에게 한 걸음 내디디게 되었으니 그 부분만큼은 고맙게 생각하도록 하지."

힘겹게 고개를 치켜들고 있던 금호가 모두 찾아내겠다는 천무진의 말에 비웃음을 쏟아 냈다.

"큭큭. 날 시작으로 찾는다고? 웃기는 소리. 지금 나에게서 알아낸 건 아무것도 없어. 내가 사람들을 가지고 실험을 한 거? 맞아, 난 그런 짓을 벌였지. 그런데 그것에서 뭘 찾을 건데? 난 네 손에 죽을 거고, 결국 넌 아무것도 찾지 못할 게야."

"그렇게 생각해? 너를 통해 알아낸 게 몇 개는 있어. 하나 꼽자면…… 그 돌덩이?"

"……!"

눈을 부릅뜬 금호가 천무진을 올려다보고 있었다.

생각지도 못한 말에 놀라고 만 것이다.

대체 그걸 어떻게 안 것일까?

금호는 애써 자신의 감정을 감추려 애썼지만, 이미 그의 생각을 읽은 천무진이 말을 이었다.

"말했잖아. 네 생각보다 많은 걸 알고 있을 거라고."

말을 마친 천무진은 옆에 내려놓았던 검을 움켜잡았다.

그런 그를 보며 금호가 바락바락 악을 쓰기 시작했다.

"날 죽인다고 끝인 줄 아느냐! 내 뒤에 있는 그분들이 널 절대 용서치 않을 게야!"

"상관없어."

내뻗은 검이 금호의 목에 닿았다.

천무진이 손에 힘을 주며 천천히 말했다.

"용서는…… 그들의 몫이 아니거든."

금호를 죽인 천무진은 검에 묻은 피를 털어 내고는 이내 주변을 둘러봤다.

장원은 꽤나 컸지만, 다행히 이곳에는 정말 극소수의 인원들만이 살았다.

금호와 그의 일을 돕는 하인 한 명.

항시 이곳에 지내는 이는 이렇게 단둘뿐이었고, 필요하면 외부에서 인력을 충원하는 식으로 장원을 꾸려 나간다고 전해 들었다.

아마도 비밀스러운 실험을 하느라 보는 눈을 최소화하기 위함이었으리라.

거기다가 유일하게 장원 내에서 함께 사는 하인도 이곳과는 완전히 반대편에 위치한 곳에서 지내고 있었으니, 제법 큰 소란에도 모습을 드러내지 않은 상황이었다.

천무진의 시선이 멈춘 곳은 바로 비밀 장소가 있는 창고였다.

내공을 쏟아 내는 싸움 중에도 문제가 생기지 않도록 최대한 신경을 쓴 덕분에 창고는 입구 부분이 무너지긴 했지만, 그 외에는 멀쩡했다.

아까 비밀리에 따라 들어가 둘러보긴 했지만, 아직 확인하지 못한 곳들이 꽤나 많았다.

금호가 죽기 전 아무것도 알지 못할 거라 호언장담한 것을 보면 크게 단서가 될 뭔가가 있을 것 같지는 않았지만…….

허나 천무진은 창고가 아닌 다른 쪽으로 몸을 돌렸다.

이곳을 확인하는 것보다 먼저 해야 할 일이 있었으니까.

천무진의 발걸음이 멈춘 곳은 싸움이 벌어졌던 장소와 그리 멀지 않은 건물의 뒤편이었다.

그리고 그곳엔 방건이 있었다.

그가 힘없이 시선을 들어 올려 천무진을 올려다봤다. 천무진 덕분에 목숨을 건지긴 했지만, 몸 상태는 좋지 못했다.

말을 꺼내는 것도 쉽지 않은 상황.

그렇지만 방건은 멀리에서나마 천무진이 금호와 싸우는 광경을 목격했다.

그랬기에 이젠 확신할 수 있었다.

자신이 툭하면 툭툭 때려 대던 그 사내가…….

엄청난 고수라는 사실을.

9장. 의문사 ―
바로 움직이죠

천무진은 우선 방건을 데리고 이동했다.

그냥 그의 거처에 데려다줄 수도 있었지만, 그러기엔 몸 상태를 비롯해 여러 상황이 애매했다.

가장 문제는 방건이 봐서는 안 될 것을 목격했다는 점이다.

천무진의 본래 실력, 그리고 금호의 거처에서 벌어진 그 사건까지.

혼절한 그를 업은 채로 천무진은 자신의 장원으로 움직였다.

그냥 놔둘 몸 상태도 아니었고, 방건이 본 일들에 대한 것들도 매듭을 지어야 했기 때문이다.

천무진은 거점에 돌아오기 무섭게 남윤을 찾았다.

그의 방문 앞에 선 채로 천무진이 목소리를 높였다.

"영감!"

"작은 주인님 어쩐 일로……."

가벼운 옷차림으로 문을 열고 나오던 남윤은 놀란 눈으로 천무진과 그의 등에 업혀 있는 방건을 번갈아 살폈다.

그가 물었다.

"그분은 누구십니까?"

"일이 좀 있어서. 다쳤는데 치료 좀 부탁할게."

천룡성의 모든 집안일을 도맡고 있는 남윤은 다재다능한 노인이었다.

음식 실력이 좋을 뿐만 아니라 여러 가지 지식들이 많았고, 의술에도 제법 식견이 있었다.

천무진이 파악하기로 남윤은 어중간한 의원들보다 훨씬 나은 실력을 지닌 존재였다.

남윤은 곧바로 인근에 있는 방으로 안내했고, 천무진은 그곳에 있는 빈 침상에 방건을 눕혔다.

슬쩍 몸 상태를 확인한 남윤이 고개를 끄덕였다.

"몸 안이 조금 상하긴 했지만, 이 정도라면 큰 위험은 없을 것 같습니다."

"다행이군. 아, 혹시 깨더라도 바깥에 나가지 못하도록 하고."

상황이 상황이다 보니 이곳으로 데리고 오긴 했지만, 이 장원은 아무나 드나들게 할 장소가 아니었다.

물론 여기가 천룡성의 본거지는 아니었기에 언제든 버리고 이동할 수 있긴 했지만, 한동안 이곳에서 지내야 하는 상황이었기에 최대한 외부에 노출되지 않게 신경을 쓰고 있었다.

다행히 방건은 혼절한 탓에 오는 길을 보지 못했기에, 안에서도 돌아다니지 못하게 해서 이곳을 파악하지 못하게 하려는 생각인 것이다.

천무진의 말에 남윤이 걱정 말라는 듯 대답했다.

"그리하지요."

"그럼 부탁할게, 영감. 난 잠시 또 해야 할 일이 있어서."

"알겠습니다, 작은 주인님. 이곳은 제게 맡기시죠."

푸근한 웃음을 지어 보이며 말하는 남윤의 모습에 천무진은 알겠다는 듯 끄덕거리고는 곧바로 방 바깥으로 걸어 나왔다.

그리고 바깥에는 백아린이 자리하고 있었다.

소란스러운 등장에 그녀 또한 천무진이 돌아온 사실을 알아차린 것이다.

백아린은 다급해 보이는 천무진의 모습에 의아한 듯 물었다.

"갑자기 무슨 일이에요? 거기다 당신 몸에서 피 냄새가 나는데…… 설마 금호와 붙은 거예요?"

"맞아."

"그자는 죽었고요?"

백아린의 질문에 천무진은 고개를 끄덕였다.

사실 이야기를 하려면 할 말은 많았지만 지금 당장은 해야 할 일이 있었다.

"지금 장원에 한천하고 단엽 중에 누가 남아 있지?"

"부총관이 방금 전 돌아왔다고 떠들어 대긴 했는데 갑자기 그건 왜요?"

"지금 당장 움직여야 돼. 서둘러서 뒤져야 할 곳이 생겼거든."

천무진의 얼굴을 바라보던 백아린은 알 수 있었다.

그가 뭔가를 찾아냈음을.

그녀가 고개를 끄덕였다.

"바로 움직이죠."

*　　　*　　　*

백아린과 한천을 대동한 채 천무진은 곧바로 금호의 거처로 돌아갔다.

그의 비밀 통로로 들어가, 내부를 조사했고 그곳에 있는 물건들을 확인했다.

지하에 있는 공간은 무척이나 넓었지만, 그에 비해 건질 만한 것은 거의 없었다.

대부분이 의자나 탁자 같은 일상적인 물건들이었고, 그걸 제외한다면 챙길 것이 그리 많지 않았다.

수십여 권의 정체 모를 서책들.

그리고 재료로 쓰였을 정체불명인 돌의 일부와 연기를 피울 때 쓰인 향로 정도가 있었다.

거기에 뭔가를 만들 때 쓰였을 것 같은 간단한 도구들까지.

그 모든 걸 모조리 챙겼거늘 서책들을 제외하고는 봇짐 하나면 충분할 정도로 그 양이 적었다.

짐을 챙긴 천무진이 곧바로 한 건 금호의 시신을 처리하는 것이었다.

적어도 지금 당장 그가 죽었다는 사실이 알려지기보다는 실종으로 처리되어 한동안 상황을 복잡하게 만들어 두는 것이 낫다는 판단에서였다.

물론 건물까지 부숴 댄 탓에 싸움의 흔적까지 지울 순 없겠지만, 그래도 시체를 발견하고 못 하고는 꽤나 큰 차이가 있을 수밖에 없다.

대충 상황을 매듭지은 그들은 바깥에 대기시켜 놨던 마차에 서책을 비롯한 모든 짐들을 싣고 거처로 돌아갔다.

백아린과 한천은 금호의 거처로 가는 와중에 그곳에서 벌어진 사건들에 대해 모두 전해 들은 탓에 이미 어떤 일이 있었는지 알고 있었다.

거점에 도착한 그들은 빈방에 그 모든 물건들을 넣고는 곧바로 조사에 들어갔다.

서책은 꽤나 많았지만, 내용은 비슷했다.

가장 먼저 그것들을 살폈던 백아린이 서책의 내용이 무엇인지 얼추 파악한 듯 말했다.

"날짜나 그 이상한 뭔가를 만들기 위해 시도한 횟수 같은 것이 간단하게 적혀 있는 것 같아요. 종종 사람을 가지고 실험한 경우와 그 횟수도 뒤섞여 있긴 한데……."

천무진은 백아린이 내민 서책을 눈으로 가볍게 훑어봤다.

그녀의 말을 듣긴 했지만 천무진은 고개를 갸웃했다.

"이걸 보고 어떻게 그런 답이 나오지?"

"간단하게 보여 줄게요."

숫자들이 제법 복잡하게 적혀 있는 것을 백아린은 보기 편하게 손가락으로 부분 부분을 가리며 보여 줬다.

그러자 복잡한 숫자들 속에 숨어 있는 규칙성이 눈에 들어오기 시작했다.

"이게 제작을 위해 시도한 횟수로 보여요. 사람에게 실험한 횟수라고 보기엔 너무 많고, 초반이나 중반 부분에는 계속 숫자가 왔다 갔다 하는 반면 후반 부분으로 갈수록 점점 안정화되잖아요? 그만큼 완성도가 높아졌다는 소리겠죠. 그리고 오히려 후반으로 갈수록 사람에게 시도한 횟수가 늘어나요. 그게 이런 식으로 표시된 부분이에요."

설명을 들으며 천무진은 그저 고개를 끄덕일 수밖에 없었다.

그가 갑자기 자신을 물끄러미 바라보고 있자, 머리카락을 귀 뒤로 넘기며 설명을 이어 가던 백아린이 슬쩍 고개를 돌려 시선을 마주했다.

그녀가 물었다.

"왜요? 뭐 더 설명해 드려요?"

"아니. 설명이 좋아서 그런지 단번에 이해했어."

"그런데 왜 그렇게……."

"그쪽이 대단하다는 생각이 들어서."

천무진의 솔직한 말에 백아린은 당황한 표정이었다. 그리고 한쪽에서 향로들을 살피던 한천이 둘을 바라보며 뜻 모를 미소를 지어 보였다.

이내 그가 장난스러운 말투로 두 사람을 향해 농담을 던졌다.

"어휴, 이제 알아보셨네. 지성미 하면 또 우리 대장 아닙니까. 아주 그냥 대장 좋다는 사내들이 줄을……."

짓궂은 농담을 던지려는 걸 눈치챘는지 백아린이 빠르게 그를 노려봤고, 한천은 서둘러 고개를 돌리며 딴청을 부리기 시작했다.

백아린이 다시금 천무진을 향해 시선을 돌렸다가 이내 서책을 몇 장 넘겼다.

그녀가 한 곳을 가리키며 말했다.

"그런데 문제는 이 숫자들이에요."

그리 많지는 않았지만, 종종 정체 모를 암호처럼 적혀 있는 것이 있었는데, 백아린조차 이 숫자들이 의미하는 바를 알 수가 없었다.

백아린이 가리키는 곳을 보며 천무진이 되물었다.

"제작을 위해 시도한 횟수 아니야?"

"아뇨, 그렇게 보기엔 조금 다른 특징을 지녔어요. 다들 팔(八)이라는 숫자와 연결이 되어 있고요. 그리고 종종 지역 이름이 나오기도 하는데 이게 연관이 있을 것도 같고요."

백아린은 의문이 풀리지 않는 숫자들이 있는 서책만을 따로 모아 한곳에 두면서 말을 이었다.

"이거에 대해서는 조금 더 알아봐야겠어요."

그녀의 말이 끝나자, 옆에서 기다리고 있던 한천이 이야기에 끼어들었다.

"저도 좀 살핀 게 있어서 보고드리죠."

그가 자신이 확인하던 향로를 둘이 앉아 있던 탁자 위에 올렸다.

향로들은 모두 텅 비어 있었다. 하지만 단 하나, 방금 전 방건과 오자헌에게 사용되었던 향로에는 소량의 잔재가 남아 있었다.

향로 안에 남아 있는 가루를 손가락 끝에 살짝 묻힌 한천이 그것을 함께 가지고 온 종이 위에 슬쩍 털어 떨어트렸다.

"사실 이 가루가 사용된 이후의 상태인지, 아니면 멀쩡한 상태인지는 잘 모르겠습니다. 그래도 이게 의심스러운 가루인 건 확실하니 혹시나 해서 돌을 갈아 봤죠."

이 가루의 주재료가 되는 물건이 뭔지는 굳이 고민하지 않아도 알 수 있는 것이었다.

그토록 비밀스럽게 감춰 놨던 돌덩이.

그렇지만…….

한천이 오늘 챙겨 온 돌을 간 가루를 꺼내어 종이 위에 내려놓았다. 먼저 뿌려진 것 옆에 놓인 돌을 간 가루.

하지만 하얀 종이 위에 놓인 두 가루의 색은 너무도 쉽게 판별할 수 있을 정도로 달랐다.

향로 안에 있었던 가루는 붉은빛이 조금 도는 데 반해, 돌멩이에서 나온 건 회색과 흰색 중간 정도의 색이었다.

한천이 두 개를 비교하게끔 둔 그 상태에서 말을 이었다.

"이 돌이 재료가 되는 것이 확실한 상황이니, 아무래도 그냥 이렇게 쓰이는 것이 아니라 뭔가 또 가공을 하는 걸로 보입니다."

"……쉬운 게 하나 없네."

백아린의 말에 천무진 또한 공감한다는 듯 고개를 끄덕였다.

이내 천무진이 물었다.

"다른 향로에서는 뭐 발견된 게 없었고?"

"아주 깨끗하더군요. 성격이 꽤나 꼼꼼한지 사용한 이후 흔적을 아예 없앤 것 같습니다."

"그건 저도 부총관 의견에 동감해요. 서책을 정리한 것만 봐도 성격이 어느 정도 보이거든요."

백아린도 그런 느낌을 받았었는지, 자신의 생각을 밝혔다.

그녀가 종이 위에 올려져 있는 가루를 보며 나지막이 중얼거렸다.

"그런데 대체 금호는 무림맹 내부의 무인까지 실험 대상으로 쓰면서 무슨 짓을 하려던 걸까요? 연기로 사람의 의식을 조종해서 상대를 죽이게 하다니……."

"하지만 이걸로 과연 그리 큰 위협이 될까요? 이런 종류의 사특한 독은 찾기가 어려울 뿐이지 아예 없는 건 아니잖습니까."

섭혼술과 같은 효과를 내는 이런 종류의 독은 예전부터 있어 왔다.

다만 그것이 큰 위협이 되지 않는다는 게 중요한 부분이었다.

내공만 어느 정도 되면 충분히 저항할 수 있으니까.

분명 그리 생각을 하면서도 사실 한천 또한 왠지 모를 찜찜함을 감추긴 어려웠다.

백아린의 말대로 굳이 이런 일에 위험을 무릅썼다는 것도 이해가 안 갔지만 무림맹의 관주 정도 되는 자가 개입되었다는 사실도 이상했고, 실험체가 죽는 그 순간까지 아예 의식을 되찾지 못했다는 부분도 걸렸다.

대부분의 섭혼술이나 이런 종류의 독은 큰 충격을 받게 되면 일정 부분 정신이 돌아오는 경우가 많다.

더군다나 오랫동안 독에 중독된 것도 아니고, 막 당한 상황이라 듣지 않았던가.

보통의 상식과는 다소 다른 이 모든 일들.

과연 이것들이 말하고자 하는 것은 무엇일까?

백아린이 천무진에게 물었다.

"앞으로 어떻게 하실 생각이에요?"

"우선은 계속 부관주를 감시하고, 거기에 이번에 얻은 것들로 조금 더 조사를 하는 쪽으로 가자고. 무림맹 내부에 아직 우린 알지 못하지만, 금호와 연관된 놈이 분명 있을 거야. 결코 저 작자 하나만이 개입되었을 리는 없으니까. 금호는 꼬리에 불과할 거야. 그렇다면 그걸 잡고 올라가 머리를 찾아야지."

그들이 자신의 존재를 눈치채기 전 최대한 깊숙한 곳까지 다가가 있어야 한다.

천무진의 말에 그녀가 알겠다는 듯 답했다.

"말씀하신 대로 진행하죠."

"다들 고생했으니까 좀 쉬고 내일 다시……."

막 천무진이 말을 이어 나가는 때였다.

갑자기 다급한 발걸음 소리가 들려왔고, 세 사람의 시선이 동시에 입구로 향했다.

그리고 이내 입구의 문이 벌컥 열리며 모습을 드러낸 건 다름 아닌 부관주 여청을 감시하고 있어야 할 단엽이었다.

명령을 어기고 나타난 그를 확인한 천무진이 표정을 찡그리며 물었다.

"무슨 일이야?"

그의 질문에 단엽이 이를 부득 갈며 입을 열었다.

"……죽었어."

"갑자기 죽긴 누가 죽어."

"죽었다고 그놈이!"

버럭 소리를 내지르는 단엽의 모습에 방 안에 있던 세 사람의 표정이 동시에 변했다.

지금 그가 이렇게 말할 사람은 한 명밖에 없었으니까.

부관주 여청이…… 죽었다.

*   *   *

단엽은 천무진의 명령대로 한천과 교대로 여청을 감시하고 있었다. 대부분의 감시를 한천이 도맡긴 했지만, 단엽은 그 짧은 시간마저도 그리 내키진 않았다.

단엽이 맡은 시간은 대부분 여청이 잠에 든 시간.

싸움을 좋아하는 호전적인 성격인 그에게 이런 일은 당연히 지루할 수밖에 없었다.

그리고 그건 오늘도 별반 다르지 않았다.

비록 아직 잠에 들진 않았지만, 오늘도 언제나처럼 거하게 술을 마신 여청은 책상에 앉아 뭔가를 고민하는 기색이 역력했다.

최근 들어 불거진 관주와의 대립으로 매일이 살얼음판을 걷는 것만 같은 불안감이 밀려드는 날들이었다.

그나마 다른 이들과 함께할 때는 나았지만 이렇게 혼자만의 시간이 찾아오면 고민은 깊어져만 갔다. 자신을 버리려 한 관주 금호의 태도에 나름 승부수를 던졌다.

분명 먹힐 거라 여겼는데 금호 쪽에서는 아무런 움직임도 보이지 않았다. 그 사실이 여청을 못내 불안하게 만들고 있었다.

"에잇, 망할 새끼!"

짜증 난다는 듯 욕설을 내뱉고 있는 여청을 단엽은 조금 떨어진 장소에서 계속 응시하고 있었다.

둘 사이의 거리는 그리 멀지 않았지만 여청은 누군가가 자신을 감시한다는 사실을 전혀 알아차리지 못했다.

그만큼 둘의 실력 차가 컸기 때문이다.

몸을 감춘 채로 서 있던 단엽이 길게 하품을 했다.

단엽은 불만스러운 표정으로 나무에 기대어 섰다.

'겨우 저런 놈이나 감시하고 있고.'

화끈한 싸움을 기대하고 천무진과 동행했거늘 아직까지 그의 기대를 충족시켜 줄 만한 싸움은 전혀 없었다. 한 번 임무를 받고 양휴를 죽이려 했던 자와 싸우긴 했지만……

그건 몸풀기조차 되지 않았다.

'젠장, 그때 왜 져 가지고 이런 신세가 됐는지 원.'

아직까지도 천무진과 겨뤘던 그날의 모든 것들이 생생하다.

눈을 감으면 아직도 그의 움직임이 그림처럼 머리에 그려진다. 그만큼 많이 생각했고, 또 연구했다는 소리다.

몇 수 앞을 내다보는 듯한 천무진의 움직임에 자신은 완벽하게 패했다.

귀찮다는 생각을 하다가도 그날의 패배를 떠올리면 단엽은 다시금 마음에 불이 확 하고 붙었다. 자신을 꺾은 천무진이라는 사내를 이기고 싶었다.

하루 종일 싸움 생각만 하는 사내, 그게 바로 단엽이었다.

천무진을 생각하니 단엽은 이상하게 몸이 근질거리기 시작했다.

당장이라도 누군가와 시원하게 한판 하고 싶다는 생각은 들었지만 단엽은 애써 자리를 지켰다.

여청을 감시하라는 것이 천무진의 명령이었고, 그를 따르기로 한 이상 내려진 명령은 어떻게든 완수해 내야 했다.

그건 약속이었으니까.

나뭇가지 위에 선 채로 안을 감시하던 단엽의 귓가에 발걸음 소리가 들려왔다.

　그리고 이내 그 발걸음은 여청이 있는 방 안으로 향했다. 단엽이 상대가 누군지 귀를 쫑긋 세우는 그때였다.

　"어르신, 꿀물을 가져왔습니다."

　바깥에서 들려온 말에 여청이 걸걸한 목소리로 소리쳤다.

　"들라!"

　말과 함께 하인이 안으로 걸어 들어왔고, 여청은 그가 건넨 꿀물을 단숨에 벌컥벌컥 들이켰다.

　거칠게 들이켜던 그가 일부를 쏟았는지 표정을 확 구겼다.

　입 옆으로 흐르는 꿀물을 소매로 닦아 낸 여청이 곧 남은 걸 모두 입에 털어 넣어 버렸다.

　여청이 빈 그릇을 내밀며 말했다.

　"가져가."

　"예, 어르신."

　하인은 그의 명령대로 빈 그릇을 받아 들고는 방문을 나섰다.

　하인이 사라진 이후 찾아온 정적.

　그때 잠시 가만히 앉아 있던 여청이 갑자기 자리에서 일어나더니 책상 위에 있는 서책들을 바닥으로 쓸어 버렸다.

우당탕.

그러고는 이내 의자에 몸을 기댄 채로 고개를 치켜들며 버럭 소리를 내질렀다.

"으아! 취한다!"

짜증이 치솟은 표정으로 그가 거칠게 숨을 몰아쉬었다. 그런 여청을 보며 단엽은 고개를 절레절레 저었다.

사실 이처럼 술을 마시고 방 안의 물건을 때려 부수는 것은 오늘이 처음이 아니었다. 처음 여청을 감시하던 그날부터 그는 화가 나기만 하면 방 안의 물건들을 마구 집어 던졌다.

오늘도 예상대로 탁자 위에 물건들을 바닥으로 내팽개친 그는 아직도 화가 안 풀렸는지, 발로 땅에 나뒹굴고 있는 것들을 팍팍 걷어찼다.

잠시 소란을 부려 대던 여청이었지만, 이내 그는 의자에 기댄 채로 곯아떨어졌다.

"커어, 커어."

여청의 코 고는 소리가 울려왔다.

나무 위에 서 있던 단엽이 천천히 자리에 걸터앉았다.

제풀에 지쳐 잠든 여청의 모습에 한심하다는 듯 속으로 중얼거렸다.

'참 하루도 변함없이 지랄 맞은 성격이네.'

단엽은 품 안에 챙겨 온 옥수수 하나를 꺼내어 들었다. 그러고는 옥수수를 옷에 가볍게 슥슥 닦아 내고는 곧장 입에 가져다 댔다.

원래 단엽은 옥수수를 크게 좋아하지 않았다.

그렇지만 최근 치치를 만난 이후부터는 연신 옥수수를 입에 달다시피 하며 살고 있었다.

요즘 따라 옥수수가 좋아졌다는 말도 안 되는 핑계를 대고 있긴 했지만, 사실은 치치에게 은근슬쩍 한 알씩 건네는 재미 때문이었다.

여청의 코 고는 소리를 들으며 옥수수를 오물거리던 단엽은 갑자기 사라진 소리에 슬쩍 고개를 돌렸다.

여전히 의자에 쓰러진 듯 자고 있는 여청의 모습이 눈에 들어왔다.

그런 그를 보며 아무렇지 않게 막 옥수수를 다시금 입에 가져다 대는 찰나…….

단엽의 눈동자가 꿈틀했다.

'이상한데?'

뭘까? 이 알 수 없는 불안감은.

그의 감각이 무엇인가 일이 벌어졌다는 걸 외치는 그 순간 기댄 채 잠들어 있는 여청의 코에서 뭔가가 주르륵 흘러내렸다.

피었다.

그걸 확인하는 순간 단엽의 신형이 곧바로 나무 아래로 뚝 하고 떨어져 내렸다.

그러고는 곧바로 창문을 통해 여청이 있는 방 내부로 뛰어 들어갔다.

가까이에 다가가는 그 순간 코에 이어 입에서도 피가 역류하기 시작했다. 서둘러 단엽이 여청의 맥을 짚어 보았지만…….

'……늦었어.'

여청은 이미 시신이 되어 있었다.

그가 죽은 걸 확인한 단엽이 황급히 시체를 살폈다. 몸에는 그 어떠한 흔적도 없었다.

거기다 감시하는 내내 누군가의 기척도 느껴지지 않았다.

그런 상황에서 죽었다면 당연히 독을 의심해 봐야 옳다.

그렇다면 지금 가장 유력한 용의자는 꿀물을 가져다준 그 하인이다.

시신을 바라보던 단엽이 확신했다.

'보통 독이 아니야.'

일반적으로 독에 중독당해 죽었다면 피부색이 변하거나, 악취가 나는 경우가 대부분이다.

그에 비해 지금 여청은 피를 쏟아 낸 것을 제외하고는 별반 독에 당한 흔적은 보이지 않았다. 오히려 너무나 평온해 보이는 얼굴은 그가 죽었다는 사실이 믿기지 않을 정도였다.

당장 이 독을 쓴 하인을 찾기 위해 움직이려던 단엽은 뭔가를 기억해 내고는 황급히 발을 멈췄다.

다름 아닌 입가에 묻은 꿀물을 닦아 내던 여청의 모습이었다.

단엽의 시선이 향한 소매에는 아까 닦아 낸 꿀물이 묻어 있었다. 그걸 확인하는 순간 단엽은 곧바로 꿀물이 묻어 있는 소매를 뜯어냈다.

지이익.

꿀물에 독이 타져 있었다면 그게 어떠한 종류의 것인지 밝혀내야 했다.

그는 거기서 멈추지 않고 반대편 옷소매를 뜯어내고는 여청의 입에서 쏟아져 나온 피를 잔뜩 묻혔다.

서둘러 증거가 될 만한 것들을 챙긴 단엽은 곧바로 움직였다.

꿀물을 가져다준 하인을 찾기 위해서였다.

나무 위에 숨어 있던 탓에 입구 쪽에만 있었던 그자의 얼굴은 보지 못했다.

하지만 슬쩍 보였던 옷차림과 목소리를 생생히 기억하고 있다.

여청의 거처에서 허드렛일을 돕는 이의 숫자는 다섯밖에 되지 않는다.

개중에 사내는 그 절반 정도인 셋. 단엽은 당시 방에 꿀물을 가지고 들어온 하인을 금방 찾아낼 수 있었다.

단엽의 눈동자가 빛났다.

'간이 부은 자식이구나.'

사람을 죽이고도 그는 너무나 태연해 보였다. 평상시와 다름없이 짐을 창고로 옮기고 있는 그자를 보며 단엽이 막 모습을 드러내려고 할 때였다.

짐을 내려놓은 그가 땀을 닦으며 중얼거렸다.

"어휴, 오늘도 난리를 피워서 내일 또 뒷정리할 생각에 앞이 깜깜했는데 그나마 일찍 잠잠해져서 다행이구먼."

상대의 중얼거림을 듣는 순간 단엽은 움찔했다.

아주 미세하지만, 목소리가…… 달랐다.

옷차림은 같다. 게다가 줄곧 신경이 곤두서 있던 여청이 모르는 얼굴을 한 이가 준 꿀물을 받아 마셨을 리도 없을 터.

'역용술에 당한 건가?'

완전 의심을 지울 수는 없었지만 분명 목소리에 차이가 있다.

만약 역용술을 쓴 자에게 당한 것이라면 그자가 이 장원에 남아 있을 리가 없을 터.

뿌드득.

단엽은 이를 갈았다.

화가 치솟았다.

자신이 감시해야 할 상대가 죽어 버렸으니까.

이건 누가 뭐라 하고 말고를 떠나 단엽 스스로 절대 용납할 수 없는 일이었다.

마음 같아서는 혼자서 어떻게든 이 일을 해결하고 싶었지만…….

'우선은 알려야 해.'

꿀물과 피가 묻은 각각의 소맷자락을 꽉 쥔 채로 단엽이 몸을 돌렸다.

*　　　*　　　*

"……그래서 이렇게 돌아온 거고."

단엽에게서 상황을 전해 들은 세 사람의 표정은 복잡했다.

천무진의 손에 금호가 죽었다.

그리고 마치 기다렸다는 듯 여청 또한 죽음을 맞았다.

과연 이것이 우연일까?

아니면 어떠한 모종의 이유가 있기에 벌어진 일인 것인가.

백아린이 물었다.

"여청의 소맷자락은?"

"여기."

단엽이 품 안에 넣어 뒀던 두 개의 소맷자락을 꺼내어 내밀었다.

소맷자락을 받아 든 백아린이 잠시 그것의 상태를 살필 때 옆에 있던 천무진이 말을 걸었다.

"그 독의 정체를 알아낼 수 있겠어?"

"장담하긴 어려워요. 여기에 언제까지 독성분이 남아 있을지 모르니까요."

고개를 저으며 백아린이 대꾸했다.

시간을 들인다면 알아낼 수 있는 것들이 대부분이다.

하지만 이건 그런 여유가 있는 물건이 아니다. 그녀가 말한 것처럼 독성분이 언제까지 남아 있을지 모르는 상황에다가, 적화신루를 통해 이 소맷자락이 왔다 갔다 하다가는 결국 그나마 있던 단서조차 날아갈지 모른다는 거다.

금호에게서 몇 가지 사실을 알게 된 지금, 사실 여청의 죽음은 천무진에게 그리 큰 문제가 아닐 수도 있었다.

여청은 금호의 아래에 있던 자고, 오히려 아는 것이 극도로 적었을 거라는 판단이 서 있던 상태였으니 말이다.

허나 여청의 죽음으로 또 하나의 단서가 될지도 모를 꼬리가 잡혔다.

바로 이 독과 이걸 사용한 자의 정체다.

그랬기에 천무진은 이 독이 어떠한 종류의 것인지 알고 싶었다.

천무진이 재차 물었다.

"이 독에 대해 알아낼 다른 방법이 없을까?"

"······하나 있긴 한데."

"그게 뭔데?"

그가 다급히 되물을 때였다.

백아린이 입을 열었다.

"이곳은 성도예요. 그 말은 곧 바로 옆에 사천당문(四川唐門)이 있다는 거죠."

그 말을 듣는 순간 천무진은 절로 고개를 끄덕였다.

긴 설명을 하지 않아도 그녀가 하고자 하는 말을 곧바로 알아차린 것이다.

오대세가의 하나이자, 독과 암기의 대가로 일컬어지는 사천당문.

그리고 사천당문은 무림맹이 있는 이곳 성도와 아주 인

접한 곳에 자리하고 있었다.

성도 인근에 자리한 탓에 그들의 본가와는 반나절도 채 걸리지 않았다.

거기다가 독이다.

천하에서 독에 대한 정보가 가장 많이 있는 곳이 어디냐 묻는다면 당연히 사천당문이 첫손에 꼽힐 수밖에 없다.

백아린이 말을 이었다.

"분명 세상 그 누구보다 이 독에 대해 알아낼 확률이 높을 거라 자부해요. 다만 하나 문제가 있다면 사천당문에 이 독의 정체를 알아봐 달라고 의뢰를 해야 하는 건데……."

사천당문이 돈에 움직이는 문파도 아니고, 정체 모를 이가 무턱대고 이 독이 무엇인지 확인해 달라며 의뢰를 하는데 이를 들어줄 이들이 아니었다.

지금 천무진의 위치는 무림에 전혀 알려지지 않은 말단이었고, 당연히 그런 그의 부탁을 사천당문에서 들어줄 이유가 없었다.

그렇다고 해서 적의 정체를 모르는 지금 동네방네 천룡성의 이름을 떠들고 다닐 수도 없는 상황.

무림맹주와 총군사에겐 이미 밝혔지만, 최대한 정체를 숨기고 있는 천무진에게 그건 그리 간단한 일이 아니었다.

자신의 정체를 아는 그들을 통해 의뢰를 넣어 보는 것도 생각해 봤지만, 그것도 그리 간단하게 판단할 문제가 아니다.

이 독의 정체가 무엇인지도 모르는 상황에서 섣부르게 무림맹주를 이용했다가는 뒷일이 시끄러워질 수도 있기 때문이다.

가뜩이나 반맹주파가 득실거리는 지금의 무림맹에서 괜한 분란거리는 그들 또한 안지 않으려고 할 확률이 높았다.

천무진의 고민이 깊어지는 그때, 백아린이 말했다.

"제가 한번 해 볼게요."

"그쪽이?"

"네, 아무래도 천룡성을 드러내는 것보다는 제가 나서는 게 나을 것 같으니까요. 우선은 총군사를 통해 사천당문과 곧바로 만날 약속을 잡을게요. 그리고 제가 의뢰를 하는 척 꾸미도록 하죠."

"그게 되겠어? 아무리 총군사의 부탁이라고 해도 고집이 센 자들이라 이런 사사로운 외부의 의뢰는 받지 않으려고 할 텐데?"

"그냥 무림맹 말단의 신분이라면 그렇겠죠. 하지만 이번엔 다를 거예요."

백아린이 옆에 내려놓았던 대검을 등에 메며 말을 이었
다.

"적화신루의 총관으로 그들 앞에 나설 거니까요."

10장. 사천당문 —
나이는 중요치 않아요

　독에 대한 의뢰를 위해 백아린은 곧바로 총군사인 위지
겸에게 연락을 넣었고, 그를 통해 사천당문에 급히 만나고
싶다는 요청을 하는 데 성공했다.

　그리고 연락을 넣은 지 얼마 되지 않아 그들로부터 승낙
을 받아 냈다.

　사천당문이 이토록 빠르게 백아린이 내민 손을 잡은 건,
그녀가 적화신루의 총관이었기 때문이다.

　사천당문과 적화신루.

　사실 오대세가의 하나인 사천당문이 적화신루에 비해 훨
씬 큰 힘을 지닌 게 현실이다.

허나 오히려 상대방과 가까워지려 애썼던 건 사천당문이었다.

그들이 그런 행동을 취한 건 다름 아닌 개방 때문이었다.

정파의 모든 정보는 개방에서 나온다 해도 과언이 아니다.

그리고 사천당문 또한 많은 부분 개방을 통해 정보를 얻는 것이 사실이다.

하지만 개방과 사천당문은 몇 년 전, 모종의 이유로 사이가 틀어졌고, 그 이후로 부득이한 경우를 제외하고는 서로 정보를 주고받지 않았다.

당연히 정파인 사천당문 입장에서는 하오문이나 귀문곡에 의뢰를 할 수 없으니, 자연스레 적화신루 쪽과 연을 이으려 애썼다.

적화신루 또한 피할 이유가 없으니 적절한 선에서 사천당문을 도우며 여태까지 적당한 관계를 이어 오던 차.

적화신루의 총관이 직접 부탁이 있다며 찾아오려 하니 사천당문의 입장에서는 오히려 쌍수를 들어 환영해야 할 입장이었다.

이 기회를 빌려 적화신루와 보다 긴밀한 유대 관계를 형성하면, 개방에게서 더 자유로워질 수 있다 여겼기 때문이다.

한시라도 바삐 만나기 위해 밤에 약속을 잡은 상황에서

백아린은 무림맹에서의 하루를 보내고 있었다.

언제나와 다름없었어야 할 하루.

그런 하루가 조금씩 엇나가기 시작했다.

바로 지금 눈앞에 나타난 사공량이라는 사내 때문에.

"소저 오랜만입니다."

며칠 만에 모습을 드러낸 그가 웃는 얼굴로 포권을 취해 보였다.

분명 며칠 전에 좋아하는 남자가 있다며 거절의 의사를 내비쳤던 상대, 한동안 안 보이나 싶더니 이렇게 모습을 드러낸 것이다.

물론 약 반 시진 정도 전부터 따라붙었다는 사실은 알고 있었는데, 이리 다가와 직접 인사를 건넬 거라고는 예상치 못했다.

거기다 이번에 모습을 나타낸 사공량은 혼자가 아니었다. 옆에는 그와 가장 친하게 지내는 유상기가 자리하고 있었다.

그 또한 사공량의 뒤를 이어 포권을 했고, 백아린은 둘에게서 몇 걸음 정도 떨어진 곳에서 애써 귀찮은 감정을 감추며 입을 열었다.

"분명 제가 그때 거절의 의사를 전달했던 걸로 기억하는데요. 기억나지 않으시면 다시……."

"잘 알고 있습니다. 오늘은 그 때문에 찾아뵌 게 아닙니다."

사공량이 말을 잘랐다.

이미 거절당했다는 사실을 유상기에게 언급해 두긴 했지만, 그녀의 입에서 그 일에 대한 이야기가 제대로 나오는 건 원치 않았다.

우습게 보이는 건 질색이었으니까.

백아린이 물었다.

"그럼요?"

"사실은……."

말을 하려던 사공량이 고개를 돌려 유상기를 바라봤다.

그러자 그가 고개를 끄덕이고는 곧바로 몸을 돌려 왔던 길로 되돌아가기 시작했다.

그런 둘의 행동에 백아린이 대체 무슨 일이냐고 되물으려 할 때였다.

사공량이 말을 이었다.

"소개시켜 드릴 분이 한 분 계십니다."

"절요?"

"예, 그렇습니다."

웃는 얼굴로 말을 하는 사공량을 물끄러미 바라보던 백아린이 천천히 입을 열었다.

"왜요?"

"……예?"

"아니 소협이 왜 절 다른 사람한테 소개를 시키냐고 물어보는 거예요. 저희가 그럴 사이는 아니잖아요."

소개시켜 주려는 게 누구냐고 물을 줄 알았던 사공량의 입장에서는 무척이나 당혹스러울 수밖에 없는 말이었다.

날카로운 그녀의 말에 일순 말문이 막혔지만, 그는 재빠르게 정신을 차렸다.

"하하! 그도 맞는 말씀이십니다만 소저에게도 아주 좋은 기회가 될 일이 생겨서요. 사실 잠룡대에 자리가 났는데 어쩌면……."

무림맹에 몸담고 있는 젊은이라면 누구나 꿈꾸는 잠룡대다.

후기지수들의 집합소인 잠룡대, 훗날 무림맹을 이끌 재목들이 모이는 곳이니 그곳에 들어가는 것만으로도 엄청난 인맥을 지니게 된다.

그걸 끄집어내며 백아린의 차가운 행동을 되돌리려 했지만, 아쉽게도 상대가 좋지 못했다.

"괜찮아요. 마음만 받을게요. 바빠서 그럼 이만."

말을 마친 백아린은 더는 이야기를 끌고 나가지 못하게 곧바로 걸음을 옮겼다.

사공량은 놀란 듯 옆으로 따라붙으며 이야기를 끌어가려 했지만, 그녀는 곧바로 근처에 있던 자신의 근무처로 모습을 감췄다.

뒤늦게 뒤편에서 손을 내뻗어 허공을 움켜잡은 사공량이 자신의 머리를 헝클어뜨리며 나지막이 짜증 섞인 소리를 토해 냈다.

"에이씨."

백아린에게 거절을 당하고 며칠을 준비해서 점수를 딸 만한 자리를 준비했다. 그런데 이처럼 매몰차게 거절을 당하니 자신이 준비한 뭔가를 보여 줄 기회조차 없었다.

거절을 당한 것도 문제였지만 사공량의 마음을 더욱 불편하게 하는 건 오늘 자신을 위해 움직여 준 다른 누군가 때문이었다.

결국 그렇게 힘든 발걸음으로 사공량이 도착한 곳은 조그마한 다관이었다.

그녀가 차를 좋아한다고 생각한 그가 일부러 이 조그만 곳을 통째로 빌려 오늘 자리를 마련했던 것이다. 입구에 선 사공량이 조심스레 문을 열고 안으로 들어섰다.

사공량이 들어선 다관 내부에는 이미 두 명의 사내가 먼저 자리하고 있었다. 한 명은 방금 전 헤어졌던 유상기였고 나머지 한 명은…… 사천당문의 사내 당자윤이었다.

일전에 천무진, 방건과 문제가 있었던 바로 그였다.

싸늘한 눈동자로 당자윤이 입을 열었다.

"뭐야? 왜 혼자야?"

"아, 그게……."

사공량이 말을 채 잇지 못할 때였다.

질문에 답하지 않자 짜증이 났는지 당자윤의 눈초리가 슬쩍 올라갔고, 그걸 옆에서 눈치챈 유상기가 서둘러 말했다.

"백 소저는 어쩌고?"

"오늘은 정말 바쁜 일이 있다더라고."

유상기가 나서는 걸 보며 사공량 또한 서둘러 정신을 추슬렀다. 그렇지만 그 와중에서도 백아린에게 거절당한 것이 못내 부끄러웠는지 슬쩍 말을 바꿔 전달했다.

같은 잠룡대 소속이기는 했지만 당자윤은 둘과는 엄연히 다른 위치에 있었다. 오대세가의 핏줄에, 능력 또한 월등하다.

사실 사공량은 당자윤과 거의 친분이 없다 해도 과언이 아니다.

그나마 유상기가 조금 연이 닿아 있어 이 같은 만남에 함께해 달라 부탁했고, 이렇게 당자윤이 직접 나서 준 것이다.

사공량의 대답을 들은 당자윤이 표정을 구기며 되물었다.

"갔다고? 그럼 난 지금 헛걸음한 셈이네?"

"미안하다 자윤아. 바쁜데 괜히 고생만 하게 해서."

옆에 있던 유상기가 서둘러 그에게 사과했다.

앞에 있는 찻잔을 움켜쥐었던 당자윤은 유상기의 행동에 길게 숨을 내쉬었다. 그리 뛰어난 곳은 아니지만 그래도 유상기의 가문은 사천당문과 긴 인연이 있는 사이.

혹시 모를 뒷소리가 나오는 건 원치 않았기에 당자윤은 애써 화를 누그러트렸다.

자리에서 벌떡 일어난 그가 말했다.

"어이, 사공량."

자신을 부르는 당자윤의 목소리에 사공량이 황급히 시선을 돌렸을 때다. 당자윤이 짜증 가득한 목소리로 말을 이었다.

"오늘은 그냥 넘어가지만 앞으로 이런 일 없도록 해라."

그 말을 끝으로 당자윤은 자리를 박차고 걸음을 옮기기 시작했다.

사실 이곳에 발걸음을 한 건 유상기의 부탁이 있어서이기도 했지만, 그보다 큰 이유는 당자윤 또한 백아린이 궁금했었기 때문이다.

그가 무림맹을 비웠을 때 들어온 그녀에 대한 소문은 이미 곳곳에 퍼져 있었다.

이번을 기회 삼아 얼굴이나 한번 보려 했거늘 멍청한 놈이 다관으로 데리고 오는 것 하나 성공시키지 못한 것이다.

'하여튼 모자란 새끼. 여자 하나 어떻게 못 해 가지고 전전궁궁해 대긴.'

짜증 가득한 발걸음으로 당자윤이 바깥으로 걸어 나갔고, 이내 가만히 서 있던 사공량이 유상기가 앉은 자리로 다가가 앉았다.

그가 당자윤이 사라진 방향을 바라보며 나지막이 중얼거렸다.

"뭣도 아닌 놈이 가문의 위세 하나로 뭐 저리 어깨에 힘을 처주고 다녀."

"인마! 들으면 어쩌려고 그래."

이미 자리를 뜬 지 오래되긴 했지만 그래도 조심해서 나쁠 건 없다.

유상기의 걱정스러운 말에도 사공량은 짜증이 가라앉질 않았다.

아무런 말도 못 하고 서 있던 자신의 모습을 생각하면 구멍에라도 들어가 숨고 싶을 지경이다.

그리고 그 모습을 유상기도 봤다고 생각하니 더욱 화가 치밀었다.

'이 새끼도 날 우습게 보겠지?'

자신을 위해 약속을 만들어 주고, 또 대신해서 사과를 했던 그 모든 것이 고맙다는 생각보다는 이로 인해 그도 자신을 우습게 여길 게 분명하다는 확신에 오히려 화를 내고 있는 그였다.

사실 당자윤을 이곳에 부른 건 그에게 백아린이 잠룡대에 들어올 수 있도록 힘 좀 써 달라는 말을 전하기 위해서였다.

물론 당자윤에게 잠룡대에 누군가가 들어오고 나가는 것을 간섭할 만한 힘은 없었다.

하지만 적어도 추천 정도야 얼마든지 가능했다.

추천을 한 이후에 정말 잠룡대에 들어올 수 있는지는 그에게 상관없는 일이었고, 사공량 또한 그것까지 바라진 않았다.

중요한 건 그녀에게 자신이 어떤 사내인지를 느끼게 하는 것이었으니까. 그리고 혹여나 추천이 먹힌다면 당연히 그 모든 것을 자신의 공로인 척할 수 있었다.

그렇게 잠룡대라는 이름을 가지고 어떻게든 점수를 따보려 했거늘……

"어떻게 할까? 좀 힘들긴 하겠지만 어떻게든 자윤이랑 다시 한번 자리를 만들어 볼까?"

"……됐어."

자리에서 일어난 사공량이 눈을 번뜩이며 말을 이었다.

"이젠 내가 알아서 할 테니까."

두 번이나 손을 내밀었다.

그런데도 그걸 밀어냈으니…… 이젠 채찍을 쥐어야 할 차례다.

＊　　　＊　　　＊

죽립을 눌러쓴 백아린은 밤거리를 거닐고 있었다. 지금 그녀가 향하는 곳은 사천당문이 있는 쪽이었다.

사천당문으로부터 대략 일각 정도 떨어진 곳에 위치한 객잔.

장사를 하지 않는지 불은 꺼져 있었고, 시간이 늦어서인지 주변은 조용했다.

죽립을 쓴 그녀가 슬쩍 객잔의 이름을 확인했다.

태명객잔.

이름을 확인한 백아린이 슬쩍 닫혀 있는 문에 손을 가져다 댈 때였다.

파바박!

누군가의 움직임이 느껴졌고, 이내 그자의 손에 들린 비수가 빠르게 움직이더니 백아린의 심장 앞에 이르러 멈춰 섰다. 짧은 수염을 가진 날카로운 인상의 중년 사내였다.

지척까지 다가와 있는 비수.

하지만 중년 사내는 알고 있었다.

'……일부러 피하지 않았다. 멈출 걸 알았다는 건가?'

애초에 막으려 들었다면 얼마든지 자신의 공격을 받아
낼 수 있는 상대라는 생각이 들었다. 그는 죽립을 눌러써서
얼굴을 확인할 수 없는 그녀에게 물었다.

"누구시오?"

"여기서 약속이 있는데요."

들려오는 여인의 목소리에 중년 사내는 다시금 놀랐다.

오늘 이곳 태명객잔은 사천당문에서 빌려 놓은 상황이었
다.

그들이 이곳에서 만나기로 한 건 적화신루의 총관 중 한
명. 그것도 제법 유능하다고 알려진 사총관이라 들었다.

그런데 그 대상이 여인인 걸로도 모자라, 이처럼 젊은 목
소리라니…….

사내가 물었다.

"패는 있소?"

백아린은 사전에 위지겸에게 받아 두었던 패를 꺼내어
들었다. 손가락에 들린 패를 받아 든 그가 이내 고개를 끄
덕였다.

"실례했소."

말과 함께 그가 옆으로 비켜섰고, 백아린은 곧장 닫혀 있는 태명객잔의 문을 열고 안으로 걸어 들어갔다. 안은 밖에서 보았을 때처럼 온통 어둠에 감싸여 있었다.

중앙 부분에 있는 탁자 한 곳을 제외하고는.

촛불 하나가 은은하게 빛나고 있는 그곳에는 사십 대 중반 정도로 보이는 여인 한 명이 자리하고 있었다.

허나 그 여인은 실제론 겉보기보다 대략 열 살가량은 많았다.

그녀가 걸어 들어오는 백아린을 향해 웃음을 보이며 말했다.

"드디어 오셨네요."

"뵙게 돼서 반갑습니다. 적화신루의 사총관입니다."

"밖에서 목소리가 들려 이미 눈치채긴 했는데…… 젊은 분이시군요."

백아린이 천천히 다가가 그녀의 맞은편에 턱 걸터앉았다.

그러고는 뒤에 차고 있던 대검을 탁자 한편에 기대듯 세워 놨다.

믿기 어려울 정도로 큰 백아린의 대검을 보며 여인은 눈을 동그랗게 떴다.

쉽사리 보기 힘든 물건이었으니까.

백아린이 천천히 입을 열었다.

"나이는 중요치 않죠. 중요한 건 능력이니까."

"……그러게요. 생각보다 훨씬 재미있는 분이신 것 같네요."

여인이 웃으며 말을 받았다.

＊　　　＊　　　＊

무림맹에서 비밀리에 활동하고 있는 탓에 백아린은 죽립을 벗지 않고 말했다.

"사정이 있어서 얼굴을 보여 드리기는 어려울 것 같네요. 제 신분은 총군사님께서 보장하셨으니 믿고 이야기 나눠도 괜찮겠죠?"

"그럼요. 어차피 얼굴을 보여 주셔도 사총관님은 무림에 외모가 알려지지 않으신 분이라 저희 쪽에서 진짜인지 아닌지 모르는 건 매한가지니까요."

"양해해 주셔서 감사합니다."

"아, 이런 깜빡하고 제 소개를 안 했네요. 저는 사천당문의……."

"당소련(唐昭蓮). 사천당문 가주님의 둘째 따님분 맞으시죠?"

아무런 언급도 없었거늘 자신의 이름이 나오자 당소련이라 불린 그녀는 움찔했다.

정체가 드러날 만한 건 아직 아무런 것도 보여 주지 않은 상태가 아니던가.

그럼에도 불구하고 상대는 정확하게 자신의 신분을 파악했다.

아무리 사천당가에서 활약하는 여인의 숫자가 사내들보다 적다고는 해도, 그 숫자는 백여 명에 달한다. 젊은이들을 빼고 비슷한 나이대만 쳐도 오십 명을 훌쩍 넘는데 그중에서 자신의 정체를 정확히 짚어 낸 것이다.

당소련이 대답했다.

"네, 맞아요. 그런데 제가 당소련인 건 어찌 알아차리셨죠?"

"조금의 정보만 있으면 그 정도야 그리 어렵지 않죠. 그게 저희의 일이니까요."

담담하게 대꾸하는 백아린의 말에 그녀가 절로 고개를 끄덕였다.

방금의 대답은 적화신루가 그만한 정보를 지니고 있다는 말이기도 했고, 지금 눈앞에 있는 이 젊은 상대가 꽤나 능력이 있다는 방증이기도 했다.

당소련이 말했다.

"적화신루에서 먼저 연락을 취해서 놀랐어요. 언제나 저희가 만나려고 하던 입장이었는데 말이에요."

돈으로 정보를 사고파는 정보 단체인 적화신루의 입장에서 사천당문은 어려운 고객이었다.

개방이 가운데 끼어 있는 탓이다.

아무리 개방과 사천당문의 사이가 좋지 못하다고 해도 대놓고 정보를 파는 건 그들의 심기를 건드릴 수 있다.

개방과의 불화는 적화신루에게도 그리 내키지 않는 일이었다.

그랬기에 최대한 직접적인 만남은 자제하고 개방의 심기를 건드리지 않는 정도로만 일을 맡아 왔다.

물론 그 생각이 변한 건 아니다.

허나 지금 이 순간을 기점으로 아주 조금만 더, 사천당문과 밀접한 관계가 되고자 하는 것이다.

언젠가 이 일을 계기로 개방과의 관계가 복잡해질 수도 있다.

하지만 개방의 눈치만 보다가는 적화신루는 결국 고인 물이 될 수밖에 없다.

고인 물은 결국 썩기 마련, 세력을 보다 확장하길 원하는 적화신루의 입장에서 지금 이건 기회이기도 했다.

어찌 보면 적화신루에게 많은 변화를 가져다줄 선택. 그리고 백아린에겐 그런 선택을 결정할 수 있는 권한이 있었다.

"의뢰를 하나 드리고 싶어서요."

"적화신루가 저희에게요?"

의뢰라는 말에 당소련은 신기하다는 표정을 지어 보였다. 일반적으로 정보 단체인 그들에게 의뢰를 주는 입장이었으니까.

백아린이 비단에 싸인 뭔가를 내밀었다.

비단을 받아 든 당소련이 물었다.

"이게 뭐죠?"

"풀어 보세요."

백아린의 말에 그녀는 곧장 받아 든 비단을 조심스레 풀어헤쳤다. 안에는 찢겨져 있는 소맷자락이 있었다.

얼룩이 져 있는 두 개의 소맷자락.

당소련이 미간을 찌푸리며 중얼거렸다.

"이건…… 피로군요."

"맞아요. 다른 하나는 꿀물이라고 하더군요."

백아린의 말에 그녀는 조심스레 두 개의 소맷자락을 확인했다.

잠시 얼룩들을 바라보던 당소련이 이내 그것들을 다시금 비단 위에 올려놓으며 입을 열었다.

"여기에 독이 묻어 있나 보군요."

"바로 알아차리셨네요."

"독이 관련된 일이 아니고서야 적화신루가 저희에게 의뢰할 건수가 없으니까요."

"이미 알고 계시니 긴 설명 하지 않을게요. 이 독이 무엇인지 알아봐 주실 수 있을까요? 최대한 빠르게요."

"흐음."

당소련은 소맷자락을 바라보며 애매한 표정을 지어 보였다.

아예 독이 담긴 병 같은 걸 가져다주었으면 모를까 성분을 파악하기 힘들게 피와 꿀물에 섞인 독이다. 당연히 그 정체를 파악하는 건 그리 녹록지 않았다.

거기다가 시간이 지날수록 점점 독 기운이 사라질 수도 있는 상황.

잠시 계산을 하던 그녀가 이내 판단을 내리고는 말했다.

"알려져 있는 독이라면 무조건 파악할 수 있어요. 다만 특별한 독이라면 확률은 칠 할 정도예요."

"그 칠 할이라는 게 파악에 성공할 확률인가요, 아니면 실패할 확률인가요?"

백아린의 질문에 당소련이 씩 웃으며 답했다.

"당연히…… 성공이죠."

다른 것도 아닌 독에 관련된 일이다.

그것에 한해서만큼은 사천당문은 큰 자부심을 지니고 있었다.

그런 당당함이 마음에 들었는지 죽립 안에서 백아린 또한 미소를 지으며 대답했다.

"반신반의했는데 사천당문에게 의뢰를 가지고 오길 잘했네요."

"잘하셨어요. 저희가 알아내지 못한다면 세상 그 누구도 알아낼 수 없으니까요."

당소련이 자신 있게 말을 받았다.

말을 끝마친 그녀는 소맷자락이 들어 있던 비단을 다시금 조심스레 접어 품 안에 넣었다.

당소련이 입을 열었다.

"이 의뢰 받아들이죠. 그럼 이제 저희 쪽의 요구를 이야기해 볼까요?"

"네, 하시죠."

"적화신루의 정보를 저희가 이용했으면 해요. 물론 금액은 섭섭지 않게 치를 생각입니다."

"직접 연락을 할 수 있도록 사람 하나를 사천당문에 보내도록 할게요. 앞으론 그를 통해 의뢰를 하시면 될 거예요."

"그렇게 해 주시면 저야 감사하죠. 그리고 하나 더."

당소련이 잠시 이야기를 멈췄다가 이내 천천히 말을 이어 나갔다.

"이번에 만들어진 저희의 인연이 숙부님에게까지 도움이 되지는 않았으면 합니다."

조심스레 꺼낸 그 한마디에 백아린은 그녀가 하고자 하는 말의 의미를 단박에 알아차릴 수 있었다.

당소련은 적화신루의 정보망을 그녀의 숙부가 이용할 수 없기를 원하는 것이었다.

당문추(唐聞秋).

사천당문 가주의 동생으로 오랫동안 가문을 이끌어 오던 인물 중 하나다.

능력이 뛰어나서 무림에서도 그 위명이 쟁쟁했지만 언제나 가주인 형에게 가려져 이인자의 삶을 살아야 했던 사내.

현 사천당문 가주인 당세종(唐世宗)은 나이를 먹으며 점점 쇠약해져 가고 있었다.

그리고 때마침 찾아온 병환은 그를 더욱 약하게 만들었다.

상황이 이리되자 다음 가주 직을 놓고 사천당문은 지금 보이지 않는 내전이 벌어지고 있는 중이었다.

당문추는 가주 직에 욕심을 내기 시작했고, 그로 인해 사천당문은 거의 두 개로 나뉘다시피 한 상황이었다.

가주의 딸인 당소련은 당문추의 반대편에 선 인물이었

고, 그와 대적할 힘을 쌓아 가고 있었다. 오늘 적화신루를 만난 것 또한 그러한 과정의 연장선이라고 봐야 옳았다.

이미 사천당문 내부의 사정을 알고 있었기에 백아린이 대답했다.

"그분이 저희에게 의뢰할 일은 없다고 생각돼요. 이미 그분은 개방과 연줄을 만들려고 백방으로 노력했다 들었거든요. 아마 그 성과를 곧 내지 않을까 싶고요."

"……이렇게 대화하기 편한 분은 처음이군요. 뭐든 알고 계시네요."

"어쨌든 그 부분은 걱정하지 않으셔도 돼요. 오늘 저에게 도움을 주시겠다고 하신 분이 어느 쪽인지 너무도 잘 아니까요. 이미 그분 쪽에 발을 담근 이들이 누군지도 다 파악하고 있으니, 그쪽 의뢰는 아무리 작은 것이라도 최대한 받지 않도록 하죠."

"대답을 들으니 한결 안심이 되네요. 그럼 저희 쪽에서도 이 독에 대해 알아보고 연락을 드려야 하는데 보내 주신다는 분을 통하면 될까요?"

"그렇게 하시면 될 것 같아요."

"네, 그럼 그렇게 하죠. 조만간 좋은 소식 드리도록 하겠습니다."

"부탁드릴게요."

말을 마친 백아린은 자리에서 일어났다.

혹여나 얼굴이 보일까 죽립의 앞부분을 꾸욱 누른 그녀가 포권을 취해 보였다.

마찬가지로 당소련 또한 포권으로 화답했다.

말을 마친 백아린은 곧바로 몸을 돌려 객잔 바깥으로 걸어 나갔고, 이내 열린 문으로 이곳을 지키고 있던 사천당문의 무인이 걸어 들어왔다.

당소련이 수장으로 있는 사천당문의 독륜당 소속 무인으로 그녀를 보필하는 임무를 맡은 당민이라는 자였다.

당민이 입을 열었다.

"당주님, 첫 일정이 끝나셨으니 예정대로 하오문과도 비밀리에 자리를 만들어 보겠습니다."

적화신루와의 만남이 있긴 했지만 사실 당소련은 확실히 마음을 정하고 이곳에 온 게 아니었다.

적화신루가 개방이나 하오문에 비해 모자라다 여겼던 탓이다.

정파를 대표하는 문파로서 가능하면 하오문과의 직접적인 거래는 피하고 싶긴 했지만, 우선은 급한 불부터 끄는 것이 먼저였다.

자신이 상대해야 할 당문추를 막아야 했으니까.

그랬기에 다소 안 좋은 뒷말들을 감수하면서 하오문과의

거래까지 염두에 둔 상황이었는데…….

잠시 앉아 있던 당소련이 천천히 입을 열었다.

"아뇨. 그 계획은 취소하죠."

"……예?"

놀란 듯 그가 되물었을 때다.

당소련이 대꾸했다.

"저들로 충분하다는 생각이 들어서요."

적화신루.

세간에 알려진 그들의 모습은 극히 일부일지도 모른다는 생각이 들었다.

지금 몇 마디 대화만으로도 이미 그들이 사천당문 내부의 문제를 모두 꿰뚫고 있음을 알아차렸다. 그 정도의 정보력이라면 충분히 믿을 만하다는 생각이 든 것이다.

이 정도라면 굳이 위험 부담을 안으면서까지 하오문과 거래를 할 필요가 없었다.

웃는 얼굴로 찻잔을 입에 가져다 대는 그녀의 모습을 보며 당민이 말했다.

"당주님께서는 방금 그자가 마음에 드셨나 봅니다."

"그러게요. 원래 쉽사리 누굴 평가하지 않는데…… 이상하게 마음에 드는군요. 얼굴도 모르는 사람에게 이런 호감은 또 처음인데 말이죠."

"젊은 것 같은데, 상당한 실력자였습니다."

"그래요? 당민 당신도 이렇게 쉽사리 누군가의 실력에 감탄하지 않는데 의외네요."

"장담할 순 없지만…… 제가 움직이기도 전에 움직일 걸 알았다고 해야 할까요?"

"본가에서 다섯 손가락 안에 드는 당신의 움직임을요?"

정파를 대표하는 오대세가 중 하나인 사천당문에서 다섯 손가락 안에 드는 고수라는 건 정말 엄청난 것이다. 그런 그였기에 더욱 잘 알 수 있었다.

상대의 실력이 보통이 아니라는 것 정도는.

다른 이도 아닌 당민이 이토록 순수하게 감탄하는 걸 보니 방금 찾아왔던 그 여인의 무공 실력에 대한 궁금증 또한 치밀었다.

당소련이 방금 전까지 백아린이 앉아 있던 자리를 바라보며 나지막이 중얼거렸다.

"적화신루의 사총관이라……."

＊　　　＊　　　＊

중원 어딘가에 있는 비밀스러운 장소.

검은 휘장과, 짙은 어둠이 감도는 그곳에 누군가가 자리하고 있었다.

그자가 문 긴 곰방대에서는 하얀 연기가 뭉글뭉글 피어 올랐다.

긴 적막만이 감도는 방 안으로 갑자기 누군가가 모습을 드러냈다. 나타난 자는 곧바로 휘장 너머의 누군가를 향해 무릎을 꿇었다.

아른거리는 그림자를 향해 사내가 말했다.

"사천에서 천룡(天龍)이 움직였습니다."

"……흐음?"

반쯤 누워 있던 그림자가 벌떡 일어났다.

그러고는 이내 휘장 건너의 인물에게서 긴장한 목소리가 흘러나왔다.

"이상하군. 천룡이 지금 사천에 있을 리가 없는데."

"아, 그가 아닌 작은 천룡을 말씀드리는 겁니다."

"큭……! 난 또 뭐라고. 천무진 그놈 이야기로군."

비웃음 가득한 목소리가 휘장 너머에서 터져 나왔다. 그러고는 이내 다시금 여유롭게 자세를 바로잡고는 말을 이었다.

"세상에 용은 단 하나뿐이다. 아무리 뛰어나도 진짜가 있는 한 결코 용이 될 수는 없지. 사천에서 움직이는 그놈 또한 마찬가지야."

말을 마친 정체불명의 인물이 곰방대를 길게 빨아들였다.

　하얀 연기가 다시금 허공으로 피어오를 때였다.

　휘장 안에 있는 그자가 나지막이 중얼거렸다.

　"그놈은 그저…… 용이 되지 못할 하찮은 이무기일 뿐이지."

〈다음 권에 계속〉

수라전설 독룡
시니어 신무협 장편소설
ORIENTAL FANTASY STORY & ADVENTURE
"하나도 남김없이 모두 죽일 것이다.
놈들을 전부 죽일 때까지 절대로 끝내지 않아."
유구한 역사를 자랑하는 약문(藥門)들의 잇따른 멸문지화.
시체가 산처럼 쌓이고 피가 바다처럼 흐르는
절망의 지옥에서 마침내 수라(修羅)가 눈을 뜬다!
dream books
드림북스

전생자

『죽지 않는 무림지존』『천지를 먹다』『마검왕』
베스트셀러 작가 나민채의 신작!

[시간 역행을 하시겠습니까?]
[모든 능력이 리셋 됩니다.]
[날짜를 선택 하여 주십시오.]

"1985년 2월 28일. 내가 태어났던 날로."

★
dream
books
드림북스

사도연 판타지 장편소설

ORIGINAL FANTASY STORY & ADVENTURE

『용을 삼킨 검』, 『신세기전』사도연 작가의 신작!

『두 번 사는 랭커』

여러 차원과 우주가 교차하는 세계에 놓인 태양신의 탑, 오벨리스크.
그리고 그곳에 오르다 배신당해 눈을 감아야 했던 동생.
모든 걸 알게 된 연우는 동생이 남겨 둔 일기와 함께
탑을 오르기 시작한다.

dream
books
드림북스

정령왕

엘퀴네스

개정판

이환 판타지 장편소설

『숲의 종족 클로네』, 『은빛마계왕』의 작가,
이환 대표작 『정령왕 엘퀴네스』 완전 개정판!

어설픈 정령왕의 좌충우돌 모험기를 다시 만난다!

컬러 일러스트 · 네 칸 만화 · 캐릭터 프로필 & QnA
매권 미공개 외전 수록!

dream books
드림북스